| 当代中国小说榜 |

U0666195

# 星河·初逢

玥延祁 著

中国文联出版社

图书在版编目（CIP）数据

星河·初逢 / 玥延祁著. -- 北京：中国文联出版
社，2017.4（2023.3重印）
ISBN 978 - 7 - 5190 - 2628 - 8

Ⅰ.①星… Ⅱ.①玥… Ⅲ.①长篇小说—中国—当代
Ⅳ.①I247.5

中国版本图书馆 CIP 数据核字（2017）第 054149 号


著　　者　玥延祁
责任编辑　周小丽
责任校对　李海慧
装帧设计　中联华文

出版发行　中国文联出版社有限公司
地　　址　北京市朝阳区农展馆南里 10 号　　邮编　100125
电　　话　010 - 85923025（发行部）　　　85923091（总编室）
经　　销　全国新华书店等
印　　刷　三河市华东印刷有限公司

开　　本　880 毫米×1230 毫米　　1/32
印　　张　5.25
字　　数　92 千字
版　　次　2023 年 3 月第 1 版第 2 次印刷
定　　价　48.00 元

# 目　录

引子：命运的号角　　　　　　　　　　　001

1. 生命的再轮回　　　　　　　　　　　006

2. 回声洞窟的冒险和奇特少女推销员　　015

3. 通过初试，即将到来的考验　　　　　024

4. 第二轮考核，无人淘汰？　　　　　　033

5. 森林生存战初序幕　　　　　　　　　046

6. 偶遇袭击：意外出现　　　　　　　　056

7. 星火燎原　　　　　　　　　　　　　065

8. 宿命的开始　于奥罗拉重逢　　　　　074

9. 第一次任务　　　　　　　　　　　　086

10. 塞塔斯和莎瓦尔·托格默塔　　　　　095

11. 奈尔和英的故事　　　　　　　　　　103

12. "潜入西塔作战"开始！　　　　　　　120

13. 古老羊皮卷的秘密      129

14. 爆发的苏离月！冰·零      139

15. 再见，哈桑德      148

尾声：遗失的时光      157

# 引子：命运的号角

时代不同了。

"光阴似箭，日月如梭。"古人的这句话一点也不错。时间飞速向前，百年、千年甚至万年的时光转瞬即逝，世界也随之一点一点地发生着天翻地覆的变化。人们有了更多的需求和渴望，他们的技术也在逐渐进步、昌盛，人类自古就以此称霸地球。

你不去顺应时代的需求，就如同逆水行舟，会被时代的洪流淹没。但有时，只要你有不同于常人的信念及意志，你可能就逆流而上，开辟属于自己的新时代。

当然，这种人及其成功是十分少见的，世界的进步远不能仅仅依赖于此。

跨越过去的种种坎坷，努力之后，是崭新的世界大门，丰衣足食、安居乐业，人们依然要前进，但那一定会比之前容易得多。

现在，时间是 2120 年，百年的时光让进取的人们有足够机会去筛选，传承优良、发明并发现创新。

也就在这个繁盛的时代，宿命的钟声悄然敲响了。

就像著名的长篇魔幻小说《哈利·波特》《纳尼亚传奇》等书的惊险情节一样，从空白一片的开始到终结，这需要漫长的过程，它所带来的结果也不知是毁灭还是新生，但这注定是会改变世界的，无声的战争。

尽管现在来看，这件事几乎还没有人知道。

该遇见的人总会遇见的，不论你到底想不想遇见；该来的事也一定会来的，不论你究竟希不希望经历那件事。

时间：深夜十二点；地点：中国·北京。

静寂无声的午夜，路灯早已关闭，经过翻新的磁悬浮马路上，立着一个高大而纤瘦的身影。那个人披着一件宽大的黑斗篷，全身隐没在黑暗之中。

忽然，一个声音打破了这一片沉寂，那声音很轻，微有些沙哑，又不带任何情感，好像是从那个人的斗篷里传出的："通过仪器显示，目的地就是这里了。我还要多谢你，为此专门长途跋涉，不过这也是你的使命之一，要牺牲一部分个

人时间也是理所应当的，因为一切都是为这个世界的利益着想。不过我还要顺带提醒你一下：以完成任务为重，还请切勿烦躁。"

不得不说，在大部分人都已经入睡的午夜时分，这一口咬文嚼字的书面语实在叫人的心情好不起来，而且那最后一句话的效果简直是适得其反。他哼了一声，略带不满的声音从宽大的斗篷下传出。那声音不像是真人发出的，带着一种令人胆寒的王者风范，势如登天："又不是我自己情愿为了这个跑过来，只是被逼而已。别把我想得太伟大了。"

"那你知道怎么找到那个人吗？我希望此事不要出现什么差错。"

"请你放心，不会错了的。如果不是那两个人懒得动弹，我才不想来这儿呢。假期还没结束，我本来还打算去完成一些个人事务……"那人不由分说地抱怨起来，言语之中透露出危险的气息。

"他们有足够的理由请一次假，因为最近的几次都是由他们分别负责的。不过我认为，那样的效果会比你亲自出马差一些，你说呢？毕竟他们不太容易和别人亲近。"那个细小的声音有着很强的威慑力，"况且你已经向我承诺了，禁止反悔。你能比他们轻易数倍地接近人，无论是以怎样的方式。这也是你独有的长处之一。"

"你说这话的意思是我特别平易近人，还是接地气啊？"他似乎无奈地长叹一口气，甩了甩斗篷漆黑的帽檐，低声说道："通话结束，申请挂断。"另一个声音的余音瞬间消失了。

穿斗篷的人抬起头，看着绚烂而安静的星河，群星在深蓝色的天幕下熠熠闪烁着，好像是指引着迷途的灵魂赴往未知的前方。星光璀璨而安静，在一片寂静中，只有他和天上的群星对视着，相看两不厌。

他一转身，突然开口说话，喃喃自语道："18、19、200真巧啊，正好是……年，是不是该提醒他们搞一个难得的纪念party？"

"不，算了。反正之前也就那么过去了。这一次轮到我了吧，还得好好准备一下啊。不过，这次会是什么类型的呢？上次可是让那个家伙焦头烂额呢。"

"那件事过后都那么久没见面了，那两个人也一直对他闭口不谈，差点忘记了有这件事存在啊。想到这里还有一点期待，一定会比以往更加有趣吧！但是……"

过了一会儿，他似乎才发现自己自说自话、有些莫名其妙的表现，又是一阵沉默。那人敛去了略带自嘲的情绪，眼中细微的伤感与其他复杂的思绪交织。然后，斗篷下的面孔露出了一丝有些苦涩的笑容。他最后，不知道在对着哪个看不到的人说了一句话，虽然明知对方听不见："时间不等人这句话说得没错啊……实话说，我真不想再见到你，冬延。"

　　他抬起脚，默默地离开了。道路上又恢复了那一片死一般的寂静。


　　我们的故事是从这样一个诡异而美丽的夜晚静静地开始的。那一天星光璀璨，是一个灿烂而难以捉摸的开始，引领着人们赶向未知的前方。

　　不过，这场故事的主人公似乎不太情愿遇到对方啊。当然，就像之前所写的，不论情愿或不情愿，彼此总要遇见的。那些或欢笑或悲伤的壮丽篇章终将被开启。

　　此刻，故事的另一位主角正在沉睡中。他跌入了一个很美好的梦境。在梦境里，他是自由的。没有他所熟悉的悲哀的喧嚣，没有令他难以割舍的故人的面庞，没有那沉重得让他渴望解脱的过去……

　　然而，梦境，无论多么美好都究要醒来。

　　时间、思想、偶然性，这些一切相加起来，就是——人们无力抵抗的命运。

# *1. 生命的再轮回*

　　窗外淅淅沥沥地下着小雨，最近的雨水异常得多，一下就是一整天。刚抽出的新芽在细雨和徐徐微风中摇曳着，那嫩绿的颜色给这灰蒙蒙的天气平添了一分盎然绿意。

　　偶尔还会从雨中传来几声蝉鸣，和着滚滚春雷。天空中聚集着的乌云许久不散，给人一种淡淡的忧愁甚是压抑。

　　仲染昔陷在柔软的扶手椅中，注视着一对在树下躲雨的杜鹃，它们叽叽喳喳地吵闹。还有几天就是她的入学选拔赛了，希望那天不是这样的天气。

　　正值妙龄的她有一双美丽的大眼睛，瞳孔的颜色介于一种漂亮的深紫和天蓝之间，好像两颗硕大的宝石镶在白皙的面孔上。那眸子纯净、自然，像初生婴儿一样明亮，炯炯有神。

她那一头乌黑的头发垂到颈后，额头上是柔顺的刘海，显得十分清爽；五官也十分精致，却与那种柔媚的漂亮女孩相去甚远；樱花般的嘴唇紧紧抿着，面部线条紧绷着，显出女孩特有的某种英气。

　　一阵敲门声，她站起身，拉开房门。门外站着一个身材高挑的年轻女人，她有一双凶神恶煞般的黑眼睛和披肩的波浪卷发。从某些方面来看，她还算是个漂亮的女人，只是那油光闪闪的大红唇彩和浓厚的眼影让仲染昔有些反感。女人今天穿了一件紫红色的貂皮大衣，配上一条朱红的波浪褶裙，以及一双鞋跟细得像发丝一样的高跟鞋，有种摇摇欲坠的感觉。

　　她是仲染昔现任房东及监护人郑女士。之所以说是现任，是因为仲染昔每隔两个月都会换一个房东，理由是房租太贵。郑女士每隔几个月就会大发脾气一次，和房东吵一架后拉着仲染昔东奔西跑，而她本人似乎乐此不疲。最终，郑女士决定把自己与世隔绝并且冷落多年的旧居清出来，并带她住了进去。

　　"今天这个坏天气，害我错过了三场保养！对了，你，下来吃午饭。"郑女士一边大声发着牢骚，一边狠狠地用那鞋的高跟跺着地面。回过头，仲染昔瞥到她耳边的珍珠坠子闪闪发亮。

　　仲染昔听话地走下楼去。这是一间不太宽敞但十分舒适的起居室，桌上摆着几盘干巴巴的疑似干面条的东西，明显带着湖味儿的咸肉静静地躺在盘里，两个碗里盛了一丁点儿菜汤剩水，简直惨不忍睹。她的左眼皮不安地跳了两下，尽管已经想到了这些东西的"真实身份"，但她还是抱着一丝希望想确认一下。

　　"这是什么？"她有些忐忑地问。

　　郑女士朝她咧了下嘴，看上去像是患了牙疼。她答道："还用问吗？多么完善的手艺！……就是土豆丝切得不是很均匀，但总体来说，真不错！"仲染昔面如死灰地盯着粗细不匀的"土豆丝"，小声问了一句："你几个月没做饭了？"郑女士竟然罕见地没发火。

　　"上一次是在大学了，"郑女士颇为怀念地说，"送闺蜜的生日惊喜！她可高兴了，说我的礼物是最棒的。不过第二天闹了胃炎，可怜的家伙……"仲染昔忍不住嘀咕了一句："亏你没嫁出去。"

　　郑女士立刻瞪起了眼睛。"丫头！别乱说话！"她伸出戴着戒指的食指，威胁道："再敢议论你的监护人就不让你去奥罗拉了！"奥罗拉是一所住宿校的名字，按照规定，她会与当地所有 12 岁以上、愿意去那里上学的孩子一起参加选拔赛。

仲染昔无奈地坐下。郑女士动不动就这么说，但她也不可能真的不听话。她已经不是小孩子了，明白和大人抬杠或顶撞是件无意义的事。

她囫囵吞枣般把这顿午餐咽下肚。忍住一阵呕吐的冲动，她捂着肚子奔上楼，关上了门。仲染昔瘫倒在床上，随手拿来一张便笺纸，在上面写道：

千万不要让郑女士下厨！

写完这句话，她认真地把它撼到墙上去，已经有近百个同伴在那里等着了。重新躺下后，仲染昔慢慢地睡着了。她做了一个离奇而真实的源于自己的童年梦：

也是一个阴沉沉的雨天，雨拍打着屋檐，又一滴一滴地落下来。耸立的孤儿院里，时不时地传来窃窃私语声：

"喂，你们听说了吗？那个开劳斯莱斯的女人要来了。"

"是来要孩子吗？像她那种人不可能吧。你不会忘了吧，记不记得上次……"

一阵汽车发动机的声音打断了她们。一辆看起来崭新的白色劳斯莱斯从远处驶来，停在孤儿院门口。身穿艳红色大袄的女人下车，手里举着一把好看的大雨伞，把她遮了个严严实实。苍老的院长立即迎上去，笑道："轻悦女士，很准时啊。"

"是啊，恐怕这是我第一次在出门前不化妆。"郑女士含糊地说，甩了甩头发上仅有的一点水珠，"我是来找人的，你知道，一个孩子。"她强调道。

"一个……"院长微微失望地耸耸肩，转身呼唤员工带孩子们到前厅。不一会儿，郑女士站在温暖的屋子里从头到脚地打量着孩子们，被看到的孩子都有一点儿不自然地互相望着，不知所措。

偶然地，郑女士看到了那个缩在角落里看书的孩子。她专心致志地翻着书页，对其他人视而不见，直到郑女士拍了拍她的手背，才如梦初醒般抬起头，有点怯生生地问："怎么了？"

"院长，"郑女士满意地对一旁的老院长说，"我想和她单独谈谈。"

狭小的单间里，女孩好奇地问郑女士："为什么选我？我和他们一样啊。"她那双水汪汪的紫蓝色大眼睛盯着郑女士，分外迷人。

"不，你是不同的。"郑女士干练地说，"与他们不一样。你想离开这里就应该表现得十分积极，像刚才站在第一个的小家伙一样用期待与祈求的眼神，可怜巴巴地望着我；不想

离开，就该直接待在自己的房间里，不出来见我。而你不是，我想知道你自己的想法是什么？"

女孩听这番话很明显地愣了一下，然后很认真地思考了一会儿，说道："我并不是很想待在这里，但也不是像他们那么想出去。我们大家一直在这里生活，从未接触外面的世界。我一直对外面的世界怀有憧憬，但是那里一定也会有与我的过于美好的憧憬不符的事物。所以，只要不亲眼看见，就不会有惊喜与失望，但我还是期待着亲眼看看，与这里不同的天空是什么样的。我想在这里等待，如果我注定要走出去，就等着来接我的人。"

一阵沉默，郑女士带着些许欣赏的目光看着女孩。"在这个年龄段，你是一个有意思的小家伙，那么就说定了！"她走出房间，去找院长。女孩听到了一阵谈话声。

第二天，女孩提着一个破旧的手提箱，站在孤儿院的门口，呆呆地盯着那辆劳斯莱斯上的女人，似乎不相信自己的眼睛。

"我说过要来接你吧？"郑女士轻微地给了她一个笑容，又转向院长，"你没跟她说？"院长尴尬地拍了拍女孩，清了清嗓子，轻声道："孩子，以后你就和这位郑轻悦女士一起生活了，保重啊！"

女孩坐在劳斯莱斯的后座上，看着生活了八年的孤儿院逐渐消失在视野中……

仲染昔从梦中醒来，已是夕阳落山了。残阳的余晖把天空染得通红，雨不知什么时候停了，天边挂着一道绚烂的彩虹。她陷入了一阵沉思……

她是一个孤儿，从有记忆就住在孤儿院里。后来，郑女士把她接走，成了她合法的监护人。外面的世界很大，五光十色，绚丽多彩，令她沉醉。然而，在她的心中，仍有一个疑问挥之不去。

"郑女士，你知道我的父母是谁吗？他们在哪？"这是仲染昔离开孤儿院后，说的第一句话。

她清楚地记得郑女士为难地皱起眉，想了一会儿对她说："这个我也不知道。"看到她眼里的失望，又补充道，"不过，奥罗拉学院有一个家伙好像知道点儿消息，她跟我提起过你。"

从那以后，仲染昔一直盼着参加奥罗拉三年一次的选拔赛。她渴望得到有关父母的任何线索，就算找不到也没关系，她至少能知道他们的姓名。

"唉！"她扑到床上，把头埋进枕头里，听到郑女士正在楼下大发脾气："嘿！这该死的破铁锈，竟然炸开了！"


阳光明媚的清晨，窗户微微敞开，终于有了几分春天

的味道。仲染昔认真地在日历上画勾：今天是 2120 年 3 月 1 日，也是奥罗拉学院新生选拔赛的第一天，她要准备出发了。

令她惊异的是，郑女士这只一毛不拔的铁公鸡竟然贴心地为她准备了一套新衣服，并交给她一张地图。"你的第一站是回声洞窟。"她说，"这是近几十年开发出来的洞穴。"

仲染昔抬头看了看镜中的自己：纯白色的套头衫，浅灰色的牛仔裤、一双蓝色运动鞋，和平常的模样大致相同，但是今天尤其显得唇红齿白——她从未如此认真地观察过自己。

仲染昔看了看路线，回声洞窟离这里至少有二三百里远，最适合的交通工具就是微型飞艇了。这是一种具有自主意识的无人驾驶飞艇，可以按照设定路线载 3—5 人飞行。在规定路线中有很多飞艇停靠站，很便捷。

她走出房门，一路向北。学院好像在不同的城市，联系起来不是很容易。郑女士送她到站台附近，目送她离开。"祝你成功。"她最后说道。仲染昔感激地一笑："仅此一言，胜过千言万语。"她转过身，带着这个世界上她唯一名义上的"亲人"的祝福出发了。

此刻，太阳已悬到半空，凉爽的清风拂面，正是天高云淡之际。路边数不尽的花草树木长得青葱，生机勃勃。去年落下的叶子化为泥土的养分，树上重新抽出嫩绿的新芽，还在生长着……一切都焕然一新。

又是一个生命的轮回之季。

## 2. 回声洞窟的冒险和奇特少女推销员

仲染昔上了飞艇，那里已经有两个人了。一个是无精打采的瘦弱男子，面容枯黄，两道颓废的眉毛耷拉着；另一个是与她年龄相仿的少女。

少女一头咖啡色长发，身材苗条。她有一双奇特的眼睛，淡棕色的，第一眼时却给人一种错觉：那眸子正闪烁着金色的光芒。她的眼形狭长，精明而机警的目光在漂亮的丹凤眼里跃动。此刻，她正全方位地扫描仲染昔，然后猛地站了起来。

"哈喽！"她笑眯眯地打招呼，身上挂着的银制饰品一阵叮咚作响。仲染昔看到男子往座位里缩了缩，"非常高兴见到你！这位小朋友，想必你是去参加奥罗拉的入学选拔赛，对吧？"与此同时，飞艇开动了。

这个奇特的少女带着愉快的情绪。如果没猜错，她一定是个乐观主义者，仲染昔想着。她答道："是啊，你也是？"

"不，我可不是。"少女立即愁眉苦脸地回答，那精神饱满的样子一下子消失了，"你是要去回音洞窟？就是那个令人闻风丧胆的闹鬼洞窟？"

仲染昔仿佛听到自己的声音提高了一个调："闹鬼指的是什么？"她努力思索着自己能想象到的最坏情况，"是不是人们产生了幻觉……"

"哦，不是幻觉，大概是洞里无来由地传出嗥叫声，进去的人一去不还之类的。"少女又来了兴致，绘声绘色地讲起了回声洞窟的恐怖传说。仲染昔为了了解考试内容，半信半疑地听着。而那个病怏惚的男子先是惊恐万分地看着她们，过了一会儿竟然奇迹般地睡着了。"他睡了？"少女大失所望，"我还指望能和他谈谈立眠片呢，一看就是得了失眠症的可怜人……价格实惠，童叟无欺……算了，咱们继续。只听那个进洞的女人尖叫一声，外面的人大惊失色……"

等那男子醒了，少女又开始推销一款名为"立眠片"（全称"立刻睡眠质量保证药片"）的药品。那男子几乎是被威逼利诱着买了三包后，逃也似的下了飞艇。

"欢迎下次光临！"少女朝他喊道，这时飞艇又启动了。男子逃得太过匆忙，一下撞到了站台的柱子上，旁边的人都惊奇地看着他。

过了一会儿，少女仿佛意识到再讲那些闹鬼的故事就有些无趣了，于是谈起了另一个话题："小仲啊，你知道奥罗拉是一所什么样的学校吗？"仲染昔一直对此感到好奇，于是很快地说："不知道，我还以为就是上课和考试呢。"

"上课和考试？饶了我吧，小仲。"少女显得备受打击，"作为一名专业的消息控，听到这种谣言还在'毒害'青少年真是令我万分痛心！奥罗拉可不是一所一般的学校，只有最优秀的人才方可进入学习。"仲染昔觉得她说得太夸张了，好像要故意衬托出自己的无知似的。

"可你还没告诉我它是什么样的学校，"于是她穷追不舍，"比如它都教些什么？"

少女一下子泄了气。"啊，这就是重点了。"她欲言又止，"这个学校教的是什么就是它最大的秘密，但也只有这点，我不能告诉你。"她遗憾地摇晃着食指，仲染昔像被催眠了一样盯着它。

"瞧，这是什么？"不一会儿，少女突然抬起头来兴奋地嚷道，抬起头来"通往回声洞窟的最佳路线！官方认证，限量抢购，来一个？小仲，说实在的你很幸运，库存品不多了。"她挥舞着一张被折得皱巴巴的纸，满面红光。

仲染昔无奈地看着她，问："你是推销员吗？"少女立即摆手："怎么能这么说呢，我可不只会推销各类高端产品，还通晓天文地理，可谓是全面发展的三好青年！对了，路线图三个铜币一张。"铜币是随着时代的变迁，产生的新型通用货币，此外还有金币、银币和克劳。

仲染昔费力地从郑女士给她准备的唯一的行李——一个小得可怜的帆布背包里翻出三个古铜色的薄圆片，上面刻着Y、R、A.三个字母，字体粗厚、潦草。少女打量了一会儿，说："统一刻制的铜币字体总是有点儿乱。金币和银币就不同，因为数量较少的缘故，刻制得特别细心！不过字体什么的当然不成问题，只要能用就行！"

她把铜币收进衣服口袋，扭过头问仲染昔："小仲，你没带什么行李就去了？"仲染昔当然知道她指的是什么，这也是她一直担心的。于是小心翼翼地问："这样有什么问题吗？"

"实际上问题不大。"少女若有所思地说，"奥罗拉免费提供学生在校所需的任何物品，包括学具、食宿等，似乎是因为学生很少，它在这方面显得特别财大气粗……"

很快，仲染昔到站了。与少女简单地告别后，她跃下飞艇，稳稳地落在站台上。没走出几步远，她就看到一个身穿制服的工作人员手里抱着一大摞刚才买的路线图，大声喊道："亲爱的乘客朋友们，颇具争议的闹鬼洞窟路线图，免费赠送，谁来看看？"

她心一沉，快步上前，问道："这是免费的？"工作人员似乎很欣喜终于有人跟他说话了，连忙保证："那是当然，不要白不要嘛！"

仲染昔怒火中烧，转向已经开始起飞的飞艇。工作人员惊呼道："我记得那个女孩！她是今天早上来的第一名乘客，从我这儿拿走了好几张路线图呢！"联想之前的种种，仲染昔已然明白了一切。

她三步两步冲到了站台边沿，气得破口大骂："给我回来，你这个骗子！"

飞艇开始逐渐加速，很快就消失在她的视线里。仲染昔只来得及听到一句话："不要生气啦，亲。谢谢惠顾哟……"与话音一起传来的还有一阵银铃般的笑声。

她面色铁青，在其他人异样的目光和那位工作人员试探的眼神中拂袖而去。

到了回声洞窟的洞口，仲染昔才发现聚集在那里的人实际上并不多。随便找了个人问才知道，奥罗拉招生的第一环节就是挑选出它不需要的学生，私下发出信件，通知他们不用参加选拔，而毫不知情的仲染昔却莫名其妙地直接进入了第二轮选拔。

"据说这里面闹鬼，很多人一去不回！我们真的要进去吗？"说话的是一个身材娇小的女生。她的头发被一个花里

019

胡哨的巨大蝴蝶结包起来，卷成了两个看起来很俗气的短小的辫子，随着头的晃动一甩一甩的，惹得很多人暗自发笑。她伸出一只手，指着一块明显是最近挂上去的木牌，上面写着一行字：奥罗拉学院考生请入此洞窟，找到其中心即通过本轮考核，时间到而未找到中心的人请自觉离开洞窟，到时会有提醒。考生在洞窟内的一切安全问题请自己注意，任何后果院方概不负责。

仲染昔不屑地轻轻哼了一声。里面闹鬼的传说都是那个骗子少女编造出来的谣言，她怎么会相信。她一声不吭地走了进去，顷刻间没了踪影。仲染昔一想到那个骗子就来气。

刚刚说话的女生呆愣地看着洞口。过了一会儿，没听到任何声响，她吓坏了，不确定地小声说："她……没事吧？"并且四处张望，好像指望着仲染昔能从哪儿冒出来似的。这时，突然传来一声轻笑。女生恼火极了，还以为是谁在嘲笑她，"谁？"

此时，一个身段匀称的妙龄女子信步走来。她那长长的、绯红色的秀发披散而下，蜜色的肌肤透着光泽，玲珑剔透。女子看似年轻，却给人一种难以捉摸的威严。面上带着优雅的淡淡的微笑，灰色的眸子被微微翻卷的长睫毛完全遮住了，嘴角十分自然地上扬，形成一个疏离的弧度。她身上披着一件狐白的裘衣，上面系着雅致的淡色蝴蝶扣，天女下凡一般

高贵。

"是我。"她开口道，音色婉转、悦耳。

女生眨了眨眼，望着她，一时没有反应过来。女子又重复了一遍："是我。"

一阵清风吹过，女生猛然明白了，声音打颤着问道："您莫非是……映水一族的……"这下，所有人都醒悟过来。

如今是不同以往的全新时代，唯一会如此穿着，端雅古朴、神态圣洁、高不可攀的，只有神秘的映水一族。映水一族是众所周知的三大帝皇世家之一，所谓帝皇世家，就是历史学者在对过去的挖掘中渐渐发现的：在王朝时代皇帝遗留下来并残存至今的皇族血脉。早在许多年前，另外两支帝皇世家就相继灭亡了，唯有映水世家以绝顶的才华与能力生存下来，人们也因对旧时代的留念而十分敬重他们。

"我是此次选拔赛的考官映水殁离，希望你们好好表现。"言罢，她止住脚步，一双灰眼睛饶有兴趣地盯着仲染昔消失的方向。

几乎没有人注意到，此刻的人群中有一道光一闪而过。

映水世家现任负责人映水殁离，奥罗拉真是下了大本钱啊。不过是为了谁呢？

与此同时，仲染昔正在洞里急得焦头烂额。

情况真让人始料未及，这样下去她是死也走不出这个迷宫了。回声洞窟结构复杂，一条条通道环环相扣，走了半天就像在原地绕圈一样。路上还有许多吵闹而嘈杂的声音，不知是从何处传来的。

"等等，在原地绕圈！这是一个提示吗？"仲染昔想着想着，猛地一下子跳了起来。

有一条分岔路，通往两个不同的未知方向。每次当仲染昔觉得快要成功到达目的地时，这条路就会出现在她面前。而每一次，无论她怎样选择，结果都是返回原点，一无所获。

如果她放弃前进呢？如果她主动选择在原地停滞不前，不再寻找目的地呢？仲染昔不知道那会怎样，她决定试一试。

她在原地旋转起来，一、二、三……一共转了十圈。紧接着，繁复的迷宫在她眼前消失了，一条闪着白光的道路出现在她的脚下。

仲染昔兴奋地深吸了口气，不再疑惑，顺着道路向前，一路小跑。她好像听见了几个不同的声音在窃窃私语，议论着考生的命运："给场地施空间扭曲咒的主意太黑了，肯定要刷下去一大批人！我敢用这串手链打赌是夏尉殷出的好主意，是不是？"

"的确是她提出的，但很刺激，你不能否认那家伙的

才华……不如想想谁能通过这关？呃……除了这个天才之外。我对那个安宇沢长老的侄女挺感兴趣，要是她能通过就好了。"

"那个据说是五岁就被送离家族的千金大小姐？省省吧，一想到要多一个娇滴滴的学生我就心烦，还不如那个小子呢。"

"你是说那个不知天高地厚的浑小子吗！你怎么想的……"

仲染昔迈出最后一步，白光一闪，通道在她的背后消失了。她仰面跌倒在舒适明亮的房间里，强烈的光线使她捂住了双眼。

"……孩子，你没事吧？"

## 3. 通过初试，即将到来的考验

　　她慢慢地爬了起来，灯光射到脸上。房间里有三个人：一个戴着半边类似中世纪的金丝镜，看起来有些玩世不恭的金发男子，正微低着头俯视她；一个是留着干练的深色短发，手里把玩着一串石榴石手链，靠在墙边的年轻女子；还有一个——坐在角落里看书的女孩，她的脸完全被淡金色的长直发挡住了，周身散发着一股醉人的花香。

　　"哺！"那男子高兴地说，"第二、第三名产生了……怎么又是你！"

　　仲染昔扭过头，她身后站着一个与她年纪相仿的少年。少年身材笔直，一头微微偏褐色的短发，五官异常精致。一对漆黑的瞳孔半眯着，显出一副悠然的模样，半扬的嘴角形成一个似笑非笑的弧度。看上去颇不淡定的金发男子，笑容

满面，眼中却毫无笑意。

"见到你这么激动，我真是荣幸至极。"他的声音里带着礼貌和客气，但那神态怎么看都像是嘲讽。金发男子恨恨地盯着他，似乎在考虑如何回应。少年却又转向了仲染昔。

"抱歉啦，刚刚我是跟着你过来的。"他说。

仲染昔愣了一下，回答："你刚刚是跟在我后面进来的？没关系啊。"她搞不懂对方为什么要跟自己道歉，虽然诚意全无。短发女子开了口："跟着别人蒙混过关，真是你的风格啊，洛屿。"

她的语气隐隐带着一点火药味，但名为洛屿的少年没有答话，只是找了个位置，理直气壮地坐下，毫不顾忌男子十分不善的脸色。

"请问一下，我通过了吗？"仲染昔难以置信地问。

短发女子转向她，语气柔和了一些："自然是通过了。孩子，你做得很不错！"

又是一道白光，伴随着一声压低了的尖叫，两个人影从刚才仲染昔所站的位置落下来。那是两个虽然五官叫人难以分辨但性格迥异的女孩：一个留着长卷发，正气喘吁吁；另一个梳着高高的垂到腰间的直马尾，正一脸促狭地推推她的无框眼镜。

"太过分了，深岚！"长卷发的女生身材矮小，五官十分生动，像一个做工精细的洋娃娃。她的声音过于甜美、柔弱，给人一种奶油蛋糕似的发腻的感觉，话语中充满了娇嗔之意。那个被称作深岚的女孩坏笑起来，竟和仲染昔在微型飞艇上遇见的少女有些相似。

"好啦，我错了还不行嘛！你就别生气了，姐。"深岚的话让所有在房间里的人一愣。两人的五官的确有几分相像，但那个女生整整比深岚矮了一大截啊！人们不禁默默感叹：这个世界可真是奇妙。

"呃……莫深岚、莫浅岚，向两位教授报告。这位亲爱的同学交个朋友呗？"莫深岚煞有介事地行了一个军礼，然后向仲染昔伸出了右手。仲染昔迟疑了下，也把手伸了过去。

金发男子盯着房间墙上的钟表，对女子说："时间快到了，还有没有……"

未及说完，又一个女孩仰面摔了进来，正是之前在洞口说话的女生。不过她已经把那个可笑的大蝴蝶结摘掉了。女生揉着双腿，有些生硬地说："安若绯，向两位教授报告。"说完，便靠在墙边站着。

"嘿！安宇汛长老的侄女！我说中了，是不是？"男子兴奋地转过头，对女子说道。后者冷冰冰地回了一句："洛屿可比她早到了很久。"他立刻蔫了下来，不自然地扭过头去。

通过后要向教授报告吗？仲染昔十分疑虑地低下了头。

因为那个名叫洛屿的少年根本没有报告，她完全不知道要有这个礼节。现在要说吗？一般来讲都要补上吧？可这样会不会显得太突兀了，她都已经进来了那么久……

"没关系，"突然响起的空灵女声打断了她的思绪，这是一个清灵而淡然的声音，给人印象无比的深刻。她向四处张望，才发现声音来自刚才一直埋头读书的神秘的第一名。少女保持着原来的姿势，仿佛注意力还在书本上，但那话语却十分清晰地传到她耳里，"报告只是人们的习惯，不是必要的环节。"

仲染昔在松了口气的同时暗自惊奇，自己明明什么也没说，那个少女竟然猜中了她的心思？她说了声"谢谢"后，又看着考生出现的地方，等待着别人。

终于，在男子宣布时间到之前，一个瘦弱的男生通过了考核。七个学生都沉默下来，等待着两位教授开口。

"咳咳，"女子清了清嗓子，严厉的目光扫视着他们，"想必你们参加这次考试，就已经做好了加入学院的准备。"她望向洛屿，他则无聊地耸了耸肩。

"奥罗拉学院，在这个城市，乃至这个国家，都是声名远扬的。为它良好的校园环境，亦因为它严格的招生制度。我们的校园，加上你们，"她向考生们点点头，"只有五十人左右。"

"因此，我们要求每个学生都是精英！成为最好的自己，这是我们的要求。当然，我们这些教授也会敞开心扉，去接受每一个学生的长处和短处。建立在这个标准上的，就是彼此之间绝对的信任——互相信任。"她严肃地强调。

"首先，为表达诚意，我们认为学生有权利知道本校对外不公开的秘密——教学内容。奥罗拉学院与其他住宿校不同，教学的具体内容是……独树一帜的。所以，不论是事先知情还是偶然参加，既然通过了初试，就是上天的安排，你们有权知道这些。"

仲染昔无比期待地注视着女子。那个飞艇上的少女也对她说过这些话，应该不会有错，奥罗拉最大的秘密究竟是……

"奥罗拉学院，是一所魔法学校。"

仲染昔只觉大脑一片空白。在她身边，第一名的少女、洛屿和最后进来的男生显得异常平静，面无表情；安若绯兴奋地"哦"了一声，小声嘀咕道："我明白了！我明白了！"莫浅岚使劲摇着她妹妹的手，十分紧张，但又不敢出声，后者不胜其烦地叹了口气。

女子好像早就料到他们的反应，冷冷地等着他们再度安静，然后继续说道："现在你们可以提问了。"

莫浅岚立即举起手，不等女子反应就大声提问道："可是，我是说，如果这个学院真的是教魔法的，为什么我们事先都

不知道呢？我一直以为妈妈真的打算随便找个学校把我们打发了……"连带被拖下水的莫深岚恨不得捂上她的嘴，在那里赔着笑。

"对不起，莫浅岚。对于这个问题我可以理解为你对本校对外保密的工作效率有所质疑吗？"女子面不改色地回答。听到自己的名字，莫浅岚的脸瞬间涨红，没有再追问下去。

"我也有问题，教授。"莫深岚没有举手。注意到女子的目光，她解释道，"我们不能总拘泥于形式吧。既然您说了学院的教学内容是魔法，那么教学目标呢？如学生的发展方向等。"她明显比她姐姐镇静得多，十分悠闲地坐等回答。

"魔法，是一门高深莫测的学科。恕我直言，"她看到安若绯半信半疑的神情，补充道，"它比大多数学科重要得多。也许你们不这么认为，但这是事实——它与现实相反，只要你敢于提出叛离常理的假设，你就可以理解。反之，你就会觉得它难以捉摸，像一团迷雾……我们希望学生与魔法相融洽、熟悉，直到运用自如。选择你们参加这一轮考核就是因为你们这些人有可能掌握魔法的天赋，如果通过一个学期的学习还没有掌握，对不起，你将被退学并改造记忆。不要费工夫去打听我们是怎么知道的。还有，本校学生年龄无限制，如果你们愿意，在这里待一辈子也不是不可以哦……"这长长的一番话让仲染昔微微打了个哆嗦，不仅是因为可能被退学的内容，还有那如此熟悉的略带威胁的语气，她在郑女士那儿总是听到。

"每个人都有自己的魔法形态，但咒语的攻击属性与作用是基本相同的，不同程度的威力取决于不同的人。我是你们入校后魔法提高课程的教授，我叫姻依，在我旁边的是攻击兼决斗课程的教授迪修尔，负责接待你们这些新生。"

"可是，我有问题，教授。"洛屿故意用他那独有的彬彬有礼又带着嘲讽之意的声音说道，"为什么这一届招生只来了两位教授迎接呢，奥罗拉已经没有人了吗？"

迪修尔教授恼火地回答道："没那回事儿，小子。只是学院的教授一致认为这次初试的内容比较困难，通过的学生不会太多，派我们两个来就已经绰绰有余了，清楚了吗？"

"那，如果我们没能通过接下来的考核，怎么办？"仲染昔也提出了问题。

姻依教授似乎很庆幸有人提了有意义的问题。她很简洁地回答道："如果那样，校方会派专门的教授修改你们的记忆，抹去有关魔法的部分。"

"嗖"的一声，映水殁离随着无故刮起的微风出现在房间里。她那绯红色长发微微拂动，灰眸闪烁，有种令人惊艳的美感。她扫视了一圈，颔首道："七个人，五女两男。通

过方式……都符合要求。"她又看了眼洛屿，其意不言而喻，"初试顺利完成，可以去休息了。"

"非常感谢，映水考官，下个环节也有劳你了。"姻依教授疲倦地说，一巴掌拍在迪修尔教授头上。他正笑容可掬地看着映水殁离，只是那笑容怎么看都像是强挤出来的。

"衣服很漂亮。"他底气不足，好像没指望着她会有什么特殊反应。

"谢谢。"后者不在意地回答，"上次的赌局您又欠了我三万克劳，教授先生。"迪修尔教授的脸一下子彻底塌了下来，一副哑巴吃黄连的模样。姻依教授狠狠剜了他一眼，用别人几乎听不见的声音说："赌博！这让学生以后怎么看你，迪修尔！"

"好了，不知不觉已经是晚上了……"她推开门，带学生们走出去，"一个一个跟我来，去你们今晚的房间。第一个，莫浅岚……"

仲染昔被领到一个狭小的房间里，因为房间里面只摆着一张单人的小床显得很宽敞。姻依教授说："明天早上早点起来集合进行下一轮考试，只要你们通过，就可以正式入学了。"

"那个……教授？我的监护人郑女士和我说过，在奥罗拉有个人知道我的父母，您听说过吗？"仲染昔忐忑不安地问。

姻依教授愣了一下。"郑女士？不可能吧，但是……难道，你说的是……郑轻悦女士吗？"

仲染昔纳闷地点点头，不明白她为什么会有这样大的反应，姻依教授认识郑女士吗？见仲染昔点头，教授看起来惊讶极了，随即很快地收敛了情绪，用一双有些严厉的眼睛审视着面前的女孩，想要从她眼中看出什么来。

"不，恐怕我不知道。"她摇摇头，"这么晚了，熄灯睡觉吧，孩子。我帮你先把灯灭了。"她走过去熄了灯，径直离开了房间，只留下仲染昔百思不得其解。

过了好一会儿，她才翻身上床，一双大眼睛在黑暗中闪着微弱的光。十几分钟过后，那光消失了。

# 4. 第二轮考核，无人淘汰？

　　不知不觉间，晨曦已经降临。温柔的阳光透过房间里唯一的窗子照射在仲染昔身上。她睁开双眼，盯着白花花的天花板。几秒钟后，大脑中的思绪猛地复活了。

　　她一下子坐起来，张望四周，房间里没有时钟。仲染昔跳下床，身上还穿着昨天的衣服。她匆匆几下用手梳理好了短发，拧了一下门把手冲出了房门。

　　今天是奥罗拉学院入院考核的第二天，她和其他六位通过了初试的考生要进行这所魔法学院设下的第二轮考核，她绝对不能迟到！

　　来到昨天的集合地点，人差不多到齐了，只有洛屿和莫浅岚还不知去向。莫深岚见姐姐还没有到场，无奈地瞟了一眼姻依教授的神色，顿呼不妙。

　　姻依教授看到缺席了两个人，脸色并不是很好。等了一会儿，她见两个人仍然迟迟未到，大声宣布："我宣布，由于缺席第二轮入院考核，考生洛屿和莫浅岚——"

　　"等下！"洛屿飞速出现在集合的房间门口，他身后跟着上气不接下气的莫浅岚，"这不算迟到哦。"

　　"姻……姻依教授，真的很对不起，这里太大了，我不小心迷路了。幸好遇到了洛屿，他把我带到了这里。"莫浅岚气喘吁吁地解释道，脸上流下了大颗的汗珠。一旁的洛屿无声地翻了个白眼，似乎在提醒着他们质疑一下莫浅岚话语的真实性。姻依教授虽然看起来仍然相当不高兴，但还是接受了两人。

　　"既然人都到齐了，我开始宣布第二轮入院考核的内容。"姻依教授大声说，"本轮考核的内容很简单，旨在测试考生的身体素质和头脑灵活能力。在这一轮的考核中，你们将以个人为单位行动。考核地点在另一个房间，那里有足够大的场地供你们进行考试。下面请跟我来。"她率先转过身，走出了房间，仲染昔几人赶紧跟上。

　　一路上，莫浅岚拽着双胞胎妹妹的衣角哭诉着她如何在这个长长的走廊里迷失了方向。莫深岚不胜其烦地敷衍着，视线不时瞟向别处。洛屿一个人悠然自得地哼着歌，丝毫不理会身前姻依教授逐渐攥紧的拳头。第一名的少女并未跟上来，而是留在了刚才的房间里。得知这一消息的姻依教授并

没有什么反应。仲染昔看着他们，不知该说什么好。

"就是这里。"姻依教授在一个房间门前停下了。她掏出一把钥匙，打开房门。里面是一个巨大的竞技场，四周围着栏杆还有看台，竞技场的中心按顺序摆放着七个上了锁的箱子和七把一模一样的钥匙。以那里为中心，其他地方围着一圈又一圈五花八门的障碍物。

"那些障碍物都被施了魔法，具有攻击性。你们的考核内容就是依次进入竞技场，以任何方式到达中心，选择一把钥匙打开一个木箱。提醒你们一下：每一个木箱只对应正确的那一把钥匙，在十分钟之内，试多少次都没问题。只要在十分钟结束之前成功打开一个木箱，就算你通过考核。所以说，这轮考核最多可以全员通过。而出场顺序是我们提前抽取的，排在后面的人比较占利，因为打开木箱的钥匙选择起来会容易得多。"姻依教授讲解道。

莫浅岚有些担忧地看着整个竞技场说："这个地方看起来好可怕啊！深岚，那个……要是我没能通过考核会怎么样？"

"会怎么样？"莫深岚同时打量着竞技场，摸着下巴，故意神秘地放低了声音，"这个嘛，估计……"

莫浅岚一脸的焦急："到底会怎么样嘛！""这……我也不知道。"莫深岚吊足了她的胃口之后，一副爱莫能助的样子。

　　"深岚，你又逗我！"莫浅岚意识到自己又一次被妹妹给耍了，气得大叫起来。姻依教授冷眼看着正在耍宝的两人，被她们气得直咬牙："你们两个，这不是在开玩笑！""对不起。"一起道歉的两个人一个漫不经心，一个战战兢兢。

　　"第一个人：冉汐源。"飒依教授宣布考核开始，那个有些瘦弱的男生第一个上场。他走进竞技场，其他人都坐在看台上观看。

　　竞技场里的障碍物瞬间好像都活了起来。有些高大路障的顶端变成了黑洞洞的枪口，对准了冉汐源狂轰滥炸；地上的电线好像游走的水蛇，缠绕上他的双腿；空中无故射来了一股股尖锐的水流，竞技场之中忽然狂风大作，风沙几乎吹进了看台上众人的眼睛里，让他们的眼部一阵刺痛。

　　"这下子完了，我肯定没戏了！"莫浅岚扑倒在莫深岚腿上，抽抽搭搭地说。对方安慰似的拍拍她的背："姐啊，这下我也没办法了。为你默哀三秒钟。"

　　仲染昔也被这样的景象镇住了，这次考核看起来相当的难啊，她可要认真准备了。

　　此刻，处在风暴中心的冉汐源并未慌乱，他沉着地大喝一声："风起，破！"另一阵强风刮起，以他为中心形成一个小型龙卷风，弹开了所有的魔法攻击。

在龙卷风的掩护下，冉汐源不一会儿就顺利到达了中心，他开始试着用钥匙开箱。虽然前几次失败了，但他丝毫没有气馁，沉着冷静地一次次试着。最终，在他试到第六次时，终于打开了一个木箱。

"用时六分五十四秒，已经算是不错的成绩了。"姻依教授点点头，说道，"下一个，莫深岚。"

"浅岚，好自为之喽！"莫深岚给了姐姐一个同情的眼神，走上了竞技场。刚才被破坏的障碍物一瞬间恢复了原样，气势汹汹地攻击起来。

"……还真猛啊，要是真的伤害到了考生，学院可是要负责的。"莫深岚先是左躲右闪一阵，然后突然停止了躲避。她看着向自己袭来的攻击魔法，一瞬间没了踪影。"深岚！"莫浅岚十分担心地喊道。不一会儿，仲染昔发现莫深岚身上好像长出一对无形的翅膀，轻盈地飘浮在空中，地面上的攻击对她毫无威胁。她如有神助般娴熟地绕开空中的攻击，飞向中心，很快选对了钥匙，打开了木箱。

"用时三分五十七秒，你的速度相当快，表现相当不错！"姻依教授显得有些震惊地点点头，"第三个——你来吧，速战速决。"她指着不知何时出现在看台上的第一名少女。她会采用怎样的战略呢？仲染昔十分期待，眨着眼看向她。对于这个神秘的少女，她一直抱着一种近乎敬仰的感情。

　　"明白。"第一名少女的身影飘然而起，一下子就出现在竞技场的范围内。她不慌不忙地扫了眼朝自己蜂拥而至的魔法攻击，瞬间从风暴的中心消失了。几人疑惑地对视，这一次障碍物攻击的速度分明变快了数倍。

　　"她去哪里了？"仲染昔惊讶地左顾右盼，就是找不到少女的踪影。过了一会儿，她和其他满脸震撼的考生才猛然发现，她已经回到了看台上，手中发黄的纸页慢慢翻动着，似乎之前什么都没发生。

　　再把目光移回竞技场，所有的障碍设施不知何时已经悉数被破坏……不如说是被消除得干干净净，看不出丝毫它们曾经存在的痕迹。而位于竞技场中央的木箱，也不知不觉地被打开了一个。

　　"呃……用时三秒，谢谢参与。"姻依教授似乎在之前就见识过少女的厉害了，并没有太多震惊，只是默默地抬手擦了一滴冷汗，继续叫人，"仲染昔。"

　　洛屿用一种有些折服的目光上下打量着少女；莫浅岚张大了嘴，带着一种几近痴迷的眼神崇拜地盯着少女；莫深岚扫兴地长叹一口气，仿佛在为没能欣赏到整个过程而感到遗憾；安若绯激动地捂着自己的心口，似乎心跳加速，脸色不自觉地红了；瘦弱的男生冉汐源目光沉沉地看着她，面色竟然有些凝重……

还沉浸在少女惊艳的表现之中，仲染昔有些浑浑噩噩地出场了。此刻，她满脑子都是对那个第一名少女实力的猜测，完全没有注意自己已经位于竞技场之中了。

　　"嗯？她明显不在状态啊，这样上场是会失利的！"莫浅岚焦急地盯着看起来心不在焉的仲染昔，扯了扯莫深岚的衣角，"这可怎么办？"

　　"比起仲染昔同学，你还是先好好地替自己担心一下吧！"莫深岚有点儿哭笑不得了，自己这个"单蠢"的姐姐到底是有多天真又一根筋，面对这种考验竟然还在关心着与自己毫无关系的其他考生，"她身上……竟然有一种恐怖的气息，应该没那么容易被淘汰。"这个仲染昔给她一种危险的感觉，但从她身上却完全没有体现出来，看来她是个很有意思的人啊。

　　随着仲染昔步入场地，攻击的障碍物都开始纷纷地发起猛烈的攻势。洛屿漫不经心地盯着毫无反应的仲染昔，莫浅岚发出惊惧的呼叫，而在他们看不到的地方，第一名的少女缓缓地抬起了眼。

　　"等等，不对劲！她好像在走神，完全没有注意到这些攻击啊！"莫深岚语出惊人。他们仔细一看，仲染昔目光游离不定，一副疑惑不解的样子，不知心里在想什么，对即将到来的魔法攻击没有任何反应。

　　姻依教授攥紧双拳，已经做好了停止考核进去救人的准备。就在这时，令他们意想不到的事情发生了。

　　仲染昔双腿蓄力，毫不费力地蹬地而起，身体无比轻盈地连续做了几个凌空翻，角度堪称完美地躲过了所有的魔法攻击。当下一波追击接踵而来时，她脚尖一点凌空飞起，仿佛在空中翩翩起舞一般，脚踏空气而行；衣襟上下翻飞，与魔法散发的光芒交错；她灵活的身姿如同深海之中的游鱼一般充满了柔韧性，全无勉强地弯曲自己的关节躲避攻击。

　　一阵令人眼花缭乱的身影闪烁之后，仲染昔站在竞技场的中央，所有的障碍物已然四分五裂，断裂之处整齐，好像是被某种金属利器切断一般。

　　"她……竟然是用自己的双手切断了这些施了魔法的障碍物！她的手看起来完全不具备那样可怕的力量啊！"经过一阵观察，莫深岚惊讶得合不上嘴。这个仲染昔可能比她还厉害，居然不用一点魔法就解决了所有的障碍物！

　　待仲染昔成功打开木箱，飒依教授已经惊吓到了麻木的状态，"仲染昔用时一分零五秒，通过！"仲染昔这才如梦初醒，难以置信地指着自己，问："那个……我通过了吗？"姻依教授一脸活见鬼的神情，点了点头。

　　她想起来了，在郑女士的引导下，她被迫整天在室外拼

命地锻炼。郑女士也捧着一本不知从哪里找来的古书，按照上面记载的内容让她学习各种武术的招数与身法。在陷入出神状态时，她就会进入这种无我的状态，自身的武术境界则会不受思绪的影响，达到更高的层次。刚才她大概就是那样在不自知的情况下通过了考核。

仲染昔转过身去，面朝看台，竟然得到了一阵热烈的掌声。仲染昔感觉自己能从每个人（除了第一名的少女）眼中看出赞许的神情。

目前为止，她在这场考核里的成绩可是第二名呢！仲染昔暗暗地笑了，在心中鼓励了自己一番，面色从容地走回了看台。

"仲染昔，你好厉害啊！那些魔法攻击竟然完全没碰到你！还有，那些障碍物也是……"一回到座位，莫浅岚就叽叽喳喳地凑上来，不知疲倦地说个不停。莫深岚在一边煞是忧虑地为这个缺乏危机意识的姐操心。

"姐啊，你也要好好准备战略是不？你又不会什么魔法，又不会什么体术，就得学学怎么投机取巧通过考核啊。如果你没有通过这个考核，母上大人肯定要发作了……"莫深岚面色凝重，用一种恐怖的眼神死死地锁定了双胞胎姐姐，不遗余力地恐吓道。

仲染昔无语地拍了拍瑟瑟发抖的莫浅岚："不要太在意

了，加油吧。"说完这话，她飞快地逃离了附近，留下这对奇葩姐妹。

"深岚，你一定要帮我啊！我，我怕母上大人她……"

"姐，不是我不帮你，是我对这事也实在是无能为力啊！照你这样不思进取，怎么能通过考核呢？"她心口不道。

"呜呜呜，深岚，你一定要帮帮我啊！我想通过考核，我一定要成为奥罗拉学院的学生！"莫浅岚一脸的豪情壮志，信誓旦旦又有点战战兢兢地说。却殊不知这话招来了其他考生赤裸裸的鄙夷。这志向未免也太低了点，只是能入学就心满意足了吗？至少也要在学院里争得什么荣誉吧？

"洛屿，该你上场了。"姻依教授鹰一样锐利的目光锁住了在一旁优哉游哉的洛屿。他百无聊赖地打了个哈欠，踱着慢悠悠的步子走上了竞技场："知道啦！"仲染昔认真地看着他的背影。观察他人的表现也是一种学习。

然而，洛屿的表现实在是令他们大吃一惊……

进入场地后，他是一副淡定的模样畅通无阻地行走，那些刚才还对着其他考生张牙舞爪的障碍物此刻全部安安静静地待在一旁，没有任何要向他攻击的意思。

"怎么回事？为什么这些障碍物完全没有阻止他前进啊！"莫浅岚不满地大呼小叫，"这样不公平！"

莫深岚扶额，差点忘了自家姐姐除了天生单细胞之

外，还"正义感十足"，对这类"怪事"一向感到愤愤不平。最让她无语的是，这家伙还十分勇于"路见不平，拔刀相助"……

"姐，你看那里。"莫深岚尽量让自己心平气和，然而她看到的一切令自己握紧了拳头咬牙切齿，说话不由得变得一字一顿，"你会有新的发，现，哦……"

"嗯？"莫浅岚疑惑不解地左顾右盼。终于，她看清楚了——洛屿的双脚根本就没有站在竞技台上，他的脚下还垫着一层薄而透明的水膜，阻隔着他的身体和竞技场的地面直接接触。似乎是因为洛屿没有接触到竞技场的地面，所以那些障碍设施都认定考核还未开始，因此也没有发动攻击。

"我勒个去！"莫深岚终于忍不住爆发了，"这是作弊吧？绝对是作弊好吗？考核之前可没说能这样糊弄啊！"

姻依教授自动忽略了她的抗议，冷冷地盯着场内的洛屿。她就知道这小子肯定会钻一切她所宣读的规则中留下的空子来投机取巧。安若绯对此投以不满的嘘声。

洛屿面色如常，慢悠悠地走到竞技场中央，在场地上重重踩了一脚，考核这才正式开始。还没等那些攻击的障碍物反应过来，他飞快地逃到竞技场中心开始试木箱。很快，他通过了考核。

"卑鄙！"安若绯和莫浅岚异口同声地怒斥道，洛屿不以为意地翻了个白眼，不放在心上。"用时十秒，通过。但因为你采取的方法，呃，比较特殊，所以不算在排名内。"姻依教授的脸色也好看不到哪去，铁青着脸不情愿地宣布。

仲染昔摸着下巴，目光深沉地想：这种通过方法虽然有些卑劣，但成效显而易见，有时这种出人意料的谋略方法也是值得借鉴的……其实，此刻的她完全没有考虑到道德和人品这一方面……

后面的考核也相当惊险，又化险为夷，一切都在情理之中：安若绯费尽全力、一脸痛苦地扭曲着自己的身体才堪堪躲过那些五花八门的魔法攻击，当她上气不接下气地打开一个木箱后，姻依教授宣布她以九分五十七秒的成绩过关；而莫浅岚竟然成了"炫目全场的一匹黑马"，她在被莫深岚施加了一个小型的持久魔法后，以惊人的弹跳力从场外飞跃而过，跳过所有沿途的障碍物，直抵竞技场中心。但由于她兴奋过度，只顾着在安全的场地中央左蹦右跳、欢呼雀跃，差点忘了考核还没结束这回事儿，用了将近两分钟才打开木箱。莫深岚对着满脸杀气的姻依教授油嘴滑舌地辩解道："规则里没有说考核之前考生之间不能互帮互助，我不过是不忍看到姐姐伤心欲绝的表情，这才不禁出手相助……"

于是，这场考核最后的结果：七个通过初试的考生在这一轮里无人淘汰，全员通过。虽然姻依教授对这个结果抱有

某些质疑，但还是无奈地接受了。仲染昔看着吵吵闹闹的几个考生，忽然感觉这样的结果也不赖。

　　所有考生都回到了昨天睡觉的地方，仲染昔就这样抱着她心中逐渐燃起的信心，伴着窗外澄澈的夜空入睡了。

# 5. 森林生存战初序幕

寂静在脚步声中消失殆尽，"咔嚓"一声，灯亮了一下，又灭了。

"这场考核对你很重要吗？你似乎很努力。"

"至少比你看得重要！就像小时候，明明尽全力去追，就快追上时又被你远远甩开，就像做游戏一样简单。但我是不一样的，我有和你不同的抱负和志愿。"

"又是你和父亲的约定？其实不用太认真……"

"那是对你来说！我那么在乎、那么努力，因为我总有一天会超过你！我要让你、父亲和所有轻视我的人知道，我并不比你逊色，让父亲像信任你那样信任我！"一阵急促的脚步声，他跑远了。

"……"

"何必呢？你早晚会明白世间强权，所谓的一切平等只是相对。在这个弱肉强食的世界，你这样太过单纯的孩子是无法生存下去的。毕竟……我和你不同。"

一片压抑的沉默，有什么慢慢地、无声地坠入了黑暗中。

第三天一早，仲染昔来到集合地，昨天的第一名少女、瘦弱安静的少年和安若绯已在那里等候。安若绯今天没有扎头发，让她的头发自然地垂下来。仲染昔有些讶异地发现她的头发并不太长，只散到肩上，虽然不算漂亮但显得十分乖巧，不再惹人发笑。她头上还戴了一个花色的兔耳发箍，看来这娃很喜欢花花绿绿的东西。第一名的少女则一如既往地安静而存在感超群，仍然看不清脸。

姻依教授双手环胸，不耐烦地等着所有人到齐。洛屿是最后一个来的，他一边打着哈欠一边说："早上好！你们起得可真早，我还以为……"

谁也不会知道他还以为什么了。姻依教授毫不客气地打断他："人都到齐了？开始吧，首先，这次考核的内容是考验你们对魔法的潜在能力。我们把这个地方和考核地点连接起来了，"她瞪了莫浅岚一眼，因为莫浅岚正发出一声吃惊又敬佩的轻叫，"你们要按照抽签顺序进入场地。只要你们安全度过两天，就算通过了所有考核，正式成为奥罗拉学院的一员了。"

她看了所有人一眼，严厉地问："有问题吗？"

"那个，"莫浅岚又怯怯地举起手，有了前车之鉴，她小心了许多，"如果遇到了什么危险……"

"这个嘛，应该不会出现太大的危险，不会危及生命安全的。"姻依教授轻描淡写道，"不过，我会向你们示范两个简单的基础咒语，以防万一吧。"仲染昔感觉自己的心提到了嗓子眼。他们这就要接触传说中的魔法了吗？她无比期待地看着姻依教授。

姻依教授的两手食指很慢地聚拢，然后手腕大幅度翻转，手指分开的同时低声念了两个字："火耀。"瞬间，一团小而明亮的火苗浮在她指尖上一英寸左右的地方，跃动着。她随意动动手指，火苗便跟着移动。

她停止了动作，满意地欣赏着它带来的效果。小火苗消失了，但所有人还死死地盯着那个方向。"真有趣！教授。刚刚的咒语太神奇了！"安若绯尖声说。仲染昔猜想，虽然她是魔法世家出身的大小姐，但对魔法掌握得并不多。

"谢谢你。"姻依教授严肃地说。仲染昔能肯定她口中的"谢谢"和映水殁离所说的完全不是一个意思。这时，莫浅岚没头没脑地问了一句："教授，施展咒语用不着魔杖吗？"众人哄堂大笑起来，仲染昔好意提醒她："浅岚，你是不是看过《哈利·波特》？虽然我对魔法不了解，但是……我想

在奥罗拉学院的教授和学生们应该可以不借助外物的力量就可以施展魔法吧。"莫浅岚悻悻而归，她的同胞妹妹在其身后做了个可笑的鬼脸，浅岚却浑然不觉。姻依教授清清嗓子，继续说下去："这是最简单的召火咒，可以召唤出小型的火焰，还有比这个高级得多的火系咒语。它可以用于轻微的攻击和照明……对了，还有一个……"

　　仲染昔热切地盯着姻依教授，她实在是好奇另一个咒语是什么。只见她伸出右手，食指和中指并拢，在空中画了一个圈，漫不经心地说道："屏。"以她为中心的圆内，空气中出现了一道半圆形的半透明屏障，上面有一圈漂亮的波纹。他们惊讶地看着姻依教授结束了她的表演，心里默默盘算着什么时候自己也要试一试。

　　"好了！"她突然大声说道，让他们吓了一跳，"第一个是洛屿，你给他们做个示范，进去吧。"

　　"唉，这么寒酸的小咒语也好意思拿出来，奥罗拉没救了……"洛屿在飒依教授足以杀死人的目光中向前跨了两步。当他人不明所以时，在他面前突然出现了一个黑白相间的一人高的巨大漩涡，正在翻转着。他回过头，给了所有人一个灿烂的微笑："同学们再见了！"跳进漩涡的同时，仲染昔他们听到带着回音的话语："说句实话，教授您今天的衣服真够没品。"

姻依教授气得面色发白，冷冷地把手中的花名册丢到一边，把正在仔细观察她穿着的安若绯拎进了漩涡，然后若无其事地收回手。

"教授，我，哇啊啊……"安若绯没说完的话变成了一声凄惨的尖叫。仲染昔听得耳膜直震。扭过头，正对上莫浅岚的眼神，她显然被吓到了。

"那是什么？"从未说过话的瘦弱男生机警地问，他的声音有些低沉，但十分自然，可能是变声的缘故。

姻依教授装什么也没听见，高声继续："莫深岚。"莫浅岚担忧地望着妹妹，刚要开口说什么，只见深岚从容不迫地转着圈上前，做了一个优美的跳水姿势，直挺挺地头朝下跃了进去。

莫深岚的声音好像隔着一层厚厚的玻璃传来，她放声大叫道："哇啊啊——救命啊，这真是太可怕了！"莫浅岚一下子冲到漩涡前，又退了两步，才喊道："深岚，不用担心，我……"

话音未落，只听莫深岚在他们看不见的地方肆无忌惮地大笑起来，又补上一句："教授，把她推下去！"这一次，仲染昔不禁跟着众人一起笑出了声。

莫浅岚满脸黑线，愤愤地大吼道："深，岚！你这个可恶——"

没有后文了，姻侬教授动作相当干脆利落地把她推了进去。莫浅岚拖长了声的尖叫简直比安若绯高了一个八度，那尖锐的海豚音刺得仲染昔头皮发麻。姻侬教授干脆堵上了耳朵。

然后，她往这边看了一眼。仲染昔明白她应该怎么做了，尽管心里不大情愿，还是走到了漩涡的前面。忽然她有种"风萧萧兮易水寒，壮士一去兮不复返"的错觉。回头环顾，这里除了她之外只有第一名的少女和那个瘦弱男生了。再转头时，背后传来那熟悉的空灵声音："祝你好运！"

所有人惊讶地看着她，仲染昔更有种做梦般的感觉：她刚刚是在对我说话吗？真是难以置信。

仲染昔深吸一口气，强迫自己不再想其他的事，一头扎进了无底洞一般的漩涡中。

她终于明白安若绯和莫浅岚为什么会那样尖叫了。进入漩涡后，她好像一直在飞速下坠，这强烈的失重感和坐垂直向下的过山车没什么区别。仲染昔有种想呕吐的冲动，但她很快就忍住了，等待落地。真想不明白洛屿和莫深岚怎么会如此轻松地适应这种状态。

好像过了整整一个世纪，她终于落地了。在双脚触碰地面的一瞬间，她敏捷地单手撑地，躲开了迎面而来的一张大网。这估计是校方设置的简单陷阱吧。她摇摇头，慢慢向前走。

这是一座奇大无比的森林。树木茂盛，路边的奇花异草散发出浓郁的芳香，偶尔还能听到几声清脆的鸟鸣和叮咚的流水声。走在森林中，自然而朴实的气息扑面而来，令仲染昔的心情十分愉悦……

她很快发现了不妥。一路上，时而出现蹩脚的陷阱，时而迎面莫名地飞来一大堆乱七八糟的"暗器"，让沿途的景致大打折扣。她不得不边看风景边防"暗器"，不胜其烦。

走了一会儿，她猛然看到一个悠闲的身影。那是最先进入森林的洛屿。他正哼着小曲儿在林中乱逛，无所事事。

"哎！"仲染昔叫道。洛屿回过头，看到是她，微微松了口气，说道："虽然在这儿见到你有点意外，但总比那个胆小鬼强……话说，你通过了我设的那些小圈套？"她一时无语，一想到那些从天而降的马蜂窝和地上随处可见的陷坑她就心烦。看到她无比郁闷的神情，他明白了几分，讪笑道："身手不错嘛，和我组队如何？"

仲染昔有些奇怪地看着他："你说组队？""对啊，互相协助通过这场考核，好好奚落迪修尔，哦，是震撼他一下……"洛屿带着一丝狡黠，坏笑起来。

一路上，洛屿笑嘻嘻地和她聊着天南海北，话捞属性和那个飞艇上的少女骗子有一拼了。他好像一点儿也不在

乎这场考核能不能通过，对教授的态度也多是不屑。这点仲染昔倒是并不意外，他昨天就显出了对教授们明显的嘲讽之意。

"那个……你说昨天是跟着我来的？"她突然想起来这回事。洛屿尴尬地笑笑，不无歉意地说："是啊，你在进入通道的时候，我正好路过，就跟上了。你不介意吧？"

"哦，是这样啊。没关系，我只是想问清楚这是怎么回事。我昨天还以为你跟踪了我那么长时间我都没有发现，原来是在我开启通道的一瞬间跟上的啊。我的洞察力还没有降低到那么弱，真是太好了。"仲染昔的回答让他有点儿哭笑不得。这个女孩的思维似乎和常人不太一样啊，看来自己找了个特别的搭档。

此时的他们并不知道，此次森林之行的背后隐藏着一个阴谋。黑暗已在某处开始悄然蔓延……

莫浅岚微微地喘息着，半身倚着树干，害怕而警惕地看着眼前的少年。他看起来年纪不大，个子还没有她高，但体格匀称。水灵灵的绿眼睛里含着丝丝笑意，衬得粉嫩可爱的正太面孔更是无比迷人，但那笑容在莫浅岚眼中却充满了寒意。

"你，你是什么人？是怎么进入这座森林的？来这里要干什么？我警告你，别想动什么歪心思，不然你就惨了，我可是奥罗拉学院的学生！呃……准学生哦。"她又弱弱地补了一句，等着对方的回应。莫浅岚一边紧张地注意着少年的行动，一边暗骂着自己怎么这么不小心，和深岚走散了。

她等了足有半分钟，那少年仍是一动不动。莫浅岚半是恼火半是好奇地问一句："你怎么……还不出招啊？莫非是看我这么可爱，不忍心动手了？"她马上意识到这两个问题有多么幼稚而无意义，连忙又加了一句："呵呵，不好意思，你当我没说就好了。"

少年静静地笑起来，"原来这里的人都这么奇葩吗？你一定是故事书看多了吧，大姐姐。要当一个坏人，可不一定非得那么鲁莽，而且在我看来，你也没有多可爱啊。"

"你，不管怎么样，你终于承认你是个坏人了！可是，你刚才做的事……"莫浅岚在气恼的同时有些疑惑，刚刚这个少年明明空手劈断了一棵与她近在咫尺的大树，把她吓了一大跳。如果不想动手，那他还想干什么？

"你在想刚才那棵树吗？那是一棵果树啦，今天天气太热，我是为了榨汁喝。"少年白了她一眼，一本正经地说，丝毫不理会莫浅岚极度惊恐的眼神。有到森林来专门榨果汁的人吗？况且他没有榨果汁的工具吧？摘点果子不就行了，何必把树劈断？经过一阵沉思，莫浅岚大概明白最后一个疑

问了，估计是因为他不够高，够不着树上的果子……

"不过，我来这里的确是有事找你说，可要听好了哦。"少年见她沉浸在自己的世界里，又笑吟吟地补上一句。

"什么？"她立即又紧张起来，却见少年把手伸进口袋里，一脸"我不是在开玩笑"地翻找着什么，口中念念有词："对了，稿子！我的发言稿去哪儿了？"

莫浅岚对天发誓，要是她再轻易把这家伙说的一个字当真，她就不姓莫。


天色渐渐暗了，落日的余晖照映着天空，被染红的云朵好像孩子绯红的面颊，煞是可爱。仲染昔哼着歌注视着美丽的夕阳，如果不是身在考试中，她真想好好欣赏一番此等美景，但估计没有机会了。

走在前面的洛屿主动停了下来，"天有些晚了，不如我们就在这儿野营吧！晚上轮流出来放哨一个小时，看看四处有没有动静。真无聊啊，根本没看见什么有趣的东西……"他一下子止住话头，搭起帐篷来。仲染昔都不知道搭帐篷的材料他是从哪儿弄出来的，"喂，别愣在那儿了。你也快来帮忙！"

"嗯，我知道了。"仲染昔不敢怠慢，赶紧跟了上去。

## 6. 偶遇袭击：意外出现

仲染昔度过了一个堪称难忘的夜晚。洛屿兴致勃勃地拉着她讲鬼故事，导致她一晚上没睡好（并且他否认自己是故意的）。第二天一早，他们继续上路。

不久，他们听到了一阵咆哮声，应该是来自某种兽类。仲染昔疑惑地四处看看，并无端倪。洛屿一改之前的嬉皮笑脸，认真地把右耳贴到旁边的树干上听了一会儿，愉快地说："树木在震动！看来有意思的家伙要来了，我们就等着吧！"

"等着？"她表示质疑，"干吗要等着？不该离开这里吗？"

"你想想啊，姻依，呃，姻依教授给我们示范的魔咒就是为了防身嘛。再说了，万一那家伙身上的某些东西很值钱

呢？"洛屿一语戳中她的心事，郑女士给她准备的零用钱不知道够不够交奥罗拉学院的学费——尤其是在被骗走一些的情况下。

"明白了，就在这里等着吧！"为了学费，仲染昔拼了！

果不其然，过了一会儿，只听一声怒吼，从东北方向跃出一个狼狈的身影。披着一头乱发，惊慌失措的安若绯气喘吁吁地冲了过来，大喊道："喂！你们在干什么？快跑啊！"

"怎么什么倒霉事都有你的份啊？"洛屿不耐烦地跨出一步，"不会用魔法？"

她涨红了脸，激动地争辩着："才不是！我也试过魔法，但是它，它比较特别！"

"它？你在被什么追啊？"仲染昔也加入了谈话。

已经没有必要回答了，从安若绯刚才跃出的方向奔来一头巨大的白狼。也许用"狼"并太不适合，它一身纯白色的毛直立着，铜铃般的黄眼睛凶神恶煞般，有点像凶恶的北极熊，又像一头可怕的巨犬，直瞪着这几个站在它面前的人类。尖利的四爪按在地上，随时都可能一跃而起。洛屿戳了一下安若绯，有些心虚地问："你刚刚就是被这家伙追来着？"

"嗯……"安若绯哭丧着脸，有点儿心虚地点点头。洛屿目瞪口呆："你听到我心碎的声音了吗？听到没有？"仲染昔也惊惧地看着白狼，这回她可真是欲哭无泪了。

忽然，白狼张开巨口，发出一声怒嗥，仲染昔一下把他们扑倒在地。滚滚气流从他们头上掠过。洛屿叹了口气："看来是打不过了，准备跑路！"

然而事与愿违。白狼丝毫没有放过他们的意思。洛屿无奈地后退几步，双手上下翻飞，小声说："火耀！"冰蓝色的火苗一跃而出，向白狼扑去。在他身后，安若绯正语无伦次地嘟囔着："火，火苗？不对，是火药……"仲染昔一时无语，却也不知道该如何发出召火咒，心急如焚地看着那团火苗在狼爪下化为乌有。

"屏！"安若绯沉不住气了，双手胡乱挥舞一通，大吼一声，竟真有一个半透明的屏障伸展开，防住了白狼的又一次进攻。那屏障竟比姻依教授示范出来的大得多。

洛屿敏捷地退回来，三人不约而同地狂奔起来。他边跑边说："不管你是交了狗屎运还是怎样，干得还可以！"安若绯更是难以置信地盯着自己的双手，绞尽脑汁也想不出所以然。

仲染昔回过头，不安地问："它还会追来吗？"

"我怎么知道，先跑再说！"洛屿手疾眼快，把她们拉到一处偏僻的地方。他扒着树干，小心翼翼地左顾右盼。确

认白狼已经走远后，他们才长呼出一口气，坐了下来。

与此同时，森林的另一边。

"为什么我要听信你的鬼话？"莫浅岚从牙缝里挤出这句话。她双手环胸，"十分坚定"地看着男孩："别痴心妄想了！事情还没结束呢，在那之前你就别想迷惑我！如果换成是深岚的话，她也一定会这么说的！"

男孩叹了口气，一脸悠闲："大姐姐，你可真固执啊，看来这任务比我想象中的难搞。既然这样，那么如果我告诉你……"

"终于走了！"安若绯小声说，"我还以为它要缠着我们不放呢。"她将将垂在肩上的短发，随手扎了一个又细又短的马尾。洛屿没好气地说："这发型可真够土的。"她回瞪了一眼，当然他们都知道现在不是在闲事上争执的时候。

仲染昔沉思了一会儿，幽幽道："姻依教授对我们说过，这次考核应该不会出现危险，所以这野狼是在考核范围外的，对吗？"

"回答正确！"洛屿托着下巴，说，"但她的原话是'应该不会出现太大的危险'，说不定也会出现嘛。"他转向安若绯，问道："你怎么惹它不高兴了，害得我们跟你一起倒霉！"

"不怪我，真的是它自己找上门来的！"安若绯急忙摊手，一脸的无辜，还可怜兮兮地，"求你们啦，帮个忙行不？要是飒依教授认为这是我的错，我一定会被赶回家的！"听到这话，对她那有点儿虚荣的性格没什么好感的仲染昔也有点心软了，决定帮助这个不大招人喜欢的直性子女孩。

她压低声音，问安若绯："你是在哪儿遇见它的？"洛屿也探过身来。安若绯在两人探究的目光中显得既紧张又激动，也许是为得到这样的关注而暗自兴奋。

原来，十分钟前，安若绯正走在茂密无边的森林里，企图找到其他人会合，她已经落单一天多了。这一处偏僻森林的风景格外秀丽，花团锦簇，走在幽静的小路上，都可以嗅到扑鼻而来的芳香。花团随风起舞，美不胜收。她不禁停住了脚步，观赏起来。

在花的海洋中，一切都是那么美好、和谐。安若绯看得专心致志，不知不觉中偏离了原来的路线，向着花海深处走去。

越往深处走，香气越浓郁。各式各样的花朵争奇斗艳。在这花的王国里，群芳争艳，令她目不暇接。于是，她开始好奇这一片美丽繁华景色的源头在哪里，并向前探寻。

"里面有什么？"仲染昔忍不住打断她，问道。

"别心急！"安若绯有点儿恼火地看向仲染昔。因为被打断的关系，原本描绘的梦幻般的效果被打破了。她抬手揉揉眼睛，四处张望，希望有一杯水能缓解口干舌燥。当然，这个愿望落空了，于是她又无奈地讲了下去……

　　撩开层层柳叶的阻拦，安若绯惊呆了。这是一个与世隔绝的世外桃源。绿草青青，在轻风的爱抚下生机勃勃；树木在制造出一片阴凉的同时留出缝隙，柔和的日光斑驳地射在草地上；最凸出的是深深嵌在草地上的一汪湖水，水面十分平静，清澈见底。

　　"哇！"安若绯小声惊叹。她走过去，坐在草地上，一阵倦意袭来……

　　这一次，洛屿打断了故事。他有点儿不耐烦地说："但这有什么关系呢？"

　　安若绯一下子结巴起来，吞吞吐吐地问："你，你说什么？"

　　"这故事和那匹狼有什么关系啊？"他又重复了一遍，微眯的双眼透出不经意的嘲讽，"目前为止，我只听到了你弱智地误打误撞地跑到一个地方睡着了！"

　　"我才不弱智呢！你给我闭嘴！"安若绯大喊道。

　　仲染昔和洛屿不约而同地伸出手去捂她的嘴。洛屿快了一步。于是，仲染昔纤细的手指覆上了他的手背，两人皆是猛地一惊，然后飞快地移开手，各自暗暗惊奇着。仲染昔疑惑地摸了摸自己的手指。她清楚地记得，刚刚她的指尖碰到了洛屿手背上的静脉血管，那里的温度低得令她诧异，这对人体来说似乎不太可能。洛屿则怔住了：刚才触碰到他手背的那个触感，竟然完全不像是人类的皮肤应有的感觉——那是一种夹杂着某种特殊的成分纤维质感，……是自己的错觉吗？很快，两人都恢复了平静，摆出一副若无其事的样子，只剩下安若绯还在那里瞪着眼睛。

　　"好了，没人说你是弱智。"仲染昔赶紧圆场，给了洛屿一个警告的眼神。但洛屿似乎完全没感觉到，不屑地继续补刀："重要的奥罗拉入学最终考核正在进行，为了赏花而偷懒睡觉的人不是弱智啊？或者说你想改名号？说不定无脑更适合你。"

　　安若绯咬紧牙关，恨恨地回了他一句："我警告你，如果你再敢这样说，我就——"

　　可洛屿偏偏不吃这一套空头威慑，他耸耸肩，刺耳地笑了一声。

　　"谁在乎你要怎么样，让我猜猜……"

　　"你们两个，都给我安静。"

这句话的确是仲染昔说的，但又不像是她说的。看似平静的表象下却藏着一股无形的威严，两人不由得都停住了。"继续说吧。"她平淡地说，好像刚刚什么也没发生。安若绯连忙点头，讲得格外小心。

安若绯小睡了一会儿，睁开眼时，意外地看到平静无波的湖面微微泛起了一阵涟漪。她心下猜疑着，忽然有种不好的预感。

安若绯的直觉告诉她如果再逗留下去，可能会发生意外，于是她猛然站起来，准备离开。

这时，一阵狂风刮过，从林中蹿出一匹白狼，就是他们后来看到的那只。它的黄眼睛死死地盯着安若绯，但并未流露出怒意。它向前靠近了几步，安若绯才意识到这是一匹狼。她一向是个胆小的人，怔了两秒，爆发出一声刺耳的尖叫。白狼铜铃般大的眼眸瞬间凝固了，它怒吼一声，朝她扑去。安若绯夺路而逃，而白狼穷追不舍……

"接下来发生的你们也知道了。"安若绯停下了。

"你还说你没有招它？"洛屿说，"那里应该是它的领地。"

这一次，安若绯冷静了许多，她反驳道："如果那里是它的领地，姻依教授一定会在咱们进森林之前提醒不要闯进一个开满鲜花的地方，不是吗？"她看到洛屿欲言又止的神情，继续说，"还是说，你认为姻依教授——严肃又认真的姻依教授，会因为某种原因没有告诉我们她知道的所有关于考核场地的信息？我想它一定是一个意外，学院应该对这片森林十分了解才是。"

洛屿张了张嘴，但没能发出声来。安若绯很高兴自己把他驳得哑口无言，问在一边沉思的仲染昔："怎么啦？"

仲染昔抬起头，缓慢地说："我想……"

她的话被一个明显用某种方法扩大过的、熟悉的声音打断了，"喂喂，能听到吗？各位亲爱的同学们，如果你们听到了请前来支援，这个家伙我貌似打不过……"

洛屿深深地叹了一口气："真是麻烦，一波未平一波又起啊。"仲染昔默默地想：没看见有趣的东西你觉得无聊，来了一个过于"有趣"的东西你又嫌麻烦了……

刚才那是莫深岚的声音。

# 7. 星火燎原

　　他们急匆匆地赶到声源处助阵，一下子被眼前的景象震住了：刚刚令他们印象深刻的白狼血口大张，喷出一团团火焰，地面烧得焦黑，与之相抗衡的是一道接一道的水龙，水与火相撞之处生出一阵阵蒸汽，空气也变得炙热。

　　莫深岚见他们来了，边施展出一道水龙边说："谁能帮忙加一道屏障？虽然还伤不到我，但是这家伙的火会烧焦地面，我可不想被姻依教授骂没保护好场地环境……"

　　"你真的需要帮助吗？"洛屿的声音阴鸷得让安若绯无故地打了个哆嗦。莫深岚内心大呼不妙，她的脸颊正抽搐着。仲染昔有些迟钝地眨眨眼，她怎么感到有一股杀气袭来……不过，此刻还是先解决这匹白狼为重。

　　经过上次的"意外"，安若绯有了信心，冲上去大喊道：

"屏！"一道看起来不堪重负、薄薄的屏障挡在火球前，勉强挡住了一波攻势。莫深岚在一旁嘲讽道："安大小姐的魔法可真奇特啊。"

"对，对不起……"安若绯尴尬地笑了两声，完全没了刚刚对峙洛屿的气势。真是个古怪的人，仲染昔想。

洛屿哼了一声："所以才说你不靠谱啊。"他双手十指交叉，嘴里念念有词："治愈的水之精灵，以……现身，降临于大地！"安若绯的屏障瞬间被一道浅蓝色的大网代替，同时，一阵雨突兀地从天而降，蓝色的雨滴很快浇灭了火焰。他们身在雨中，衣服却是干的，隐约看到一个挺秀的蓝色身影。洛屿向它微鞠了一躬，它点了点头，慢慢地化为虚无。

"古代祭祀魔法？"莫深岚小声道。

仲染昔灵巧地冲出了大网的缝隙，闪到白狼背后，毫不犹豫地一记手刀劈下去，竟未触到它的身体。她顿时心生疑惑，闪到一旁，暂时退出了战圈，细细观察起来。

那匹巨大的白狼虽然气势汹汹地喷出火焰，给人以很强的压迫感，但它自身的轮廓并不清晰。仲染昔终于明白了。她凑到其他人身边，轻声说："它没有实体，近身攻击对它无效，我猜应该和一团力量很强并拥有自身意识的——魔法体比较像。但如果被近距离的魔法击中，'白狼'应该就会消失殆尽！"说完，她略带忐忑地看向他人。

"原来如此！"莫深岚恍然大悟，"怪不得它要用火焰阻拦我前进呢，原来是不想暴露这一点。所以，只要拉近与它的距离，就取得优势了？"她飞快地眯了一下眼睛：明明是几乎对魔法一无所知的普通考生，竟然有如此敏锐的观察力和精确的判断。仲染昔原本应该是不知道"魔法体"这个名词的，难道这是她根据白狼这个个体的属性总结出来的词语？这个考生的综合条件非常好啊，高于浅岚和安若绯。一想到莫浅岚……真是无可救药了。莫深岚无奈抚额，怎么就摊上这么一个双胞胎姐姐。

　　安若绯想了想，献出妙计："可以先让一个人吸引它的注意力，所有人暂时收回魔法，等它被引过去，其他人趁机近身伏击。呃，就用水系魔法攻击，应该能把它彻底消灭！"

　　"似乎是个不错的主意，目前来看我们也没有其他更好的方法。"洛屿插嘴道。白狼正被他的屏障挡住，又急又气，连连喷出火球。"那么，就由你来当那个诱饵吧！"他一脸坏笑着，指向安若绯。

　　"啊？凭什么，我不干！"她急了，相信其他人也可能想到了这个主意，刚刚主动提这个建议就是为了避免自己成为诱饵，谁知道洛屿这么不领情。

　　"我也同意由你做诱饵，安若绯同学。你之前说过它是因为你尖叫一声才开始追你的，对吧？我想……说不定它对尖锐的声源比较敏感，在我们之中，似乎只有你最能胜任这项任务。"

仲染昔的话很是出人意料。她特意掌握好了谈吐方式，让安若绯忽然产生了一种被人需要的责任感。安若绯环视众人，干巴巴地笑了一声，迟疑着问："抗议……有效吗？"

"无效！"所有人异口同声。

"看起来这场考核出现了教授没料到的意外情况，你们刚才的计划我都听到了，我会尽全力帮忙的。"最后一名通过第一轮考核的那个瘦弱男生不知何时出现在他们身后。

"好了，准备开始吧！"安若绯边喊边不情愿地与众人逐渐拉开距离，嘴里小声嘀咕着："早完早收工，早死早超生……反正已经这样，我豁出去了！"莫深岚不禁嗤嗤地偷笑起来。

"三——二——一开始！"

仲染昔一声令下，大家迅速开始了行动。洛屿大喊一声："收！"只见那张蓝色的大网顷刻间消失不见。白狼还未反应过来，就听到一声直刺耳膜、极其尖锐的大叫。它愤怒地吼了一声，略显模糊的轮廓在一瞬间有些涣散。于是，它不再关注别人，径直向安若绯冲去。

安若绯头上直冒冷汗，硬着头皮撒开双腿，使出毕生的力气朝众人的包围圈奔去，一边跑一边连续竭力地发出

尖叫。那匹白狼的鼻孔冒着粗气，黄眼睛也开始闪烁，目光游移不定。

明明只有十几步的距离，安若绯却感觉这是一条没有尽头的路。她的嗓子都快喊哑了，腿也莫名酸得厉害，在这之前，她还从来不知道体育是一项如此重要的课程。

三步，两步，一步，终于到了！她如释重负般呼了口气，一头扎进了包围圈中。白狼紧随其后，进入了圈子。

"砰！"所有人的魔法同时爆发了。莫深岚反常地大叫一声："水龙卷！"一股打着旋的水流冲向白狼；洛屿低声念了一段咒语，刚才的蓝色身影再度出现，射出一大波箭形的狭长水滴；冉汐源大幅度挥手，一个巨大的水漩涡出现，在白狼身边翻转着。

三个水系魔法带来的冲击非同一般，白狼发出一声痛苦的嗥叫，身影再度扭曲不清。正当仲染昔以为它要消失时，白狼的身形再次凝聚成型，它的黄眼睛闪烁着暴戾的光。仲染昔忽然有种不好的预感。

白狼的身体以肉眼可见的速度膨胀着，好像有人在它身体里吹气，两只灿黄的眼珠死死地凸出来，爪尖变得更长、更锋利。最令人惊诧的是：它的周身忽地腾起了黑色的烈焰，那模样尤为恐怖。安若绯不禁惊叫一声。

"它……魔化了？"冉汐源惊讶地问。

"啧！"莫深岚一咬牙，"看来是打算跟我们拼命了……真是糟糕透顶！"

洛屿冷冷地瞥了进化后的白狼一眼，道："你们估计没力气再用一次那种魔法了吧？"见他们不答话，又说，"既然这样，不如近身肉搏吧！"

"开什么玩笑，近身可是它的强项啊！况且我们连肉搏对现在的它有没有效都不知道！"莫深岚反对。

"打打不就知道了？难道你还有别的办法？"

"打不过就跑呗！"

"我跑不动了！"安若绯一屁股坐在地上。莫深岚无奈叹气，又转向白狼，没好气地问洛屿："你有信心打过它吗？""怎么可能？当然打不过喽！""知道打不过你还打？！""硬着头皮上吧！反正逃不掉了。"洛屿翻了个白眼，懒懒地说，好像没意识到问题的严重性。

莫深岚气结，看了眼仲染昔，忽然问道："看到我姐了吗？我一直没找到她。"

"嗯？"仲染昔努力回想着那个活泼、娇气，又十分咋呼的女生，遗憾地摇摇头。她不耐烦地说："那就准备上了？"仲染昔点点头，摆好架势，脑中飞快地思索着可能对白狼有效的招数。

"不，没有那个必要了。"再汐源忽然开口。

仲染昔惊讶地看着这个话不多却比较沉着的男生。此刻他的神情不太自然，深深地呼吸着，露出笃定的神情。顺着他的目光看过去，她立刻明白了原委。

淡金色的柔顺长发略微飘逸地垂在肩头的少女，依然是看不清脸庞，但举手投足间的非凡气质却无比优雅，仿佛高洁的天使降临人间一般。少女信步走来，步履平稳，不疾不徐，腋下还夹着那本书皮泛黄的旧书，默默地看向白狼。

白狼警惕地盯着她，粗重地喘息着，发出一声声威胁的低吼。不知是不是错觉，它好像比之前更紧张。

"我们遇到了点儿麻烦！"莫深岚说，"你能——"

少女抬起右手打断了她，"我知道。"仲染昔莫名地感觉她的声音更加虚幻，没有质感。

少女周身爆发出一阵金色的光芒，刺眼地闪耀着。她虽一步未动，白狼却发出了惊惧的叫声，仿佛受到了猛烈的攻击。所有人的目光凝固了。

"真是悲哀。"少女轻声说，声音飘到每个人的耳中，也不知她指的是什么。然后她不再出声，只是盯着哀嚎的白狼，似在思索着什么，周身的金光无声涌动着。静寂中，只听到风拂过的声音。她微微一顿，声音清冷，怜悯或是其他的情绪在其中流淌，"那就——坠落吧。"

安若绯张大了嘴，所有人都目瞪口呆地看着眼前发生的一切。从白狼的正上方，出现了一团金灿灿的星火，明亮、耀眼，却没有温度。一团又一团星火接连出现，把白狼的上方全方位封死了。它哀叫着，仿佛预见了自己的命运，那叫声凄厉、悲惨。仲染昔一瞬间竟生出了一丝同情。

那个少女可不这么想。"星火燎原。"她的声音瞬间抬高了，时间也好像在那一刻停滞了。所有星火直直地向下坠去，像晴日里的流星雨一般绚烂夺目。白狼最后发出一声微弱的叫声，化为一团黑雾消失在眼前。

"火系魔法？"莫深岚有些难以置信地说。安若绯呆立在原地，不知做什么好，默默观赏着这难得的景观。洛屿不知为何哼了一声，似乎不甘心，旋即他又恢复了原来若无其事的模样。冉汐源面不改色，但仲染昔坚信他的内心并不如表面那样平静。

此刻，森林的正上方，正悬着一架通体洁白的直升机，没有人驾驶，稳稳地停在半空中。舱门有一半敞开，显出了坐在机身里，手端盛着红酒的高脚杯的男孩。他漫不经心地望向舱外："果然还是高科技产物方便啊……小白真不走运，那么快就遇到了她，不过这件事可不能让那个大姐姐知道啊。"他抿了一口酒，幽绿的瞳孔中闪着冰冷的光。"……你说呢？"他等了一会儿，没有回音。男孩不乐意地撇撇嘴。"又不给我面子。"

"你们没事吧？"姻依教授冲了过来，她的身后跟着神色惊恐的莫浅岚。

## 8. 宿命的开始　于奥罗拉重逢

　　生活真是不可思议啊！仲染昔发自内心地感慨。几天前她还对这所名为奥罗拉的学院一无所知，而现在，她马上就要加入其中，学习她之前本以为只存在于传说中的魔法了。

　　通过了所有考核的学生们坐在奢华的磁悬浮加长版飞车里，姻依教授一个人坐在驾驶舱忙左忙右地设置通往学院的驾驶程序。洛屿用一向毒舌、嘴不饶人的口吻，拖着长音嘲讽道："现在都什么年代了，还需要人工来设置驾驶程序，奥罗拉学院配备给新生的交通工具就是这么寒酸吗？"

　　"你别说得那么简单！"安若绯不悦地反驳他。自从飒依教授一挥手，瞬间恢复了最后一轮考核中森林里被烧坏的地面后，她就成了奥罗拉学院的忠实粉丝。"姻依教授都跟我们解释过了，是因为学院所处的环境比较特别，不是飞车

的自动驾驶功能可以到达的！"

洛屿丝毫没把她的话放在心上，带着嗤之以鼻的表情说："谁知道是不是奥罗拉的资金或者地位太低下，没法争取到自动驾驶程序可以到达的位置，只能设在一个地图上都没有显示的小地方？估计也只有你会这么傻乎乎地全信了姻侬的话。"

"你，你……"安若绯和洛屿这一路上第 n 次怒目而视，一场舌战在所难免。莫深岚为了拯救自己的耳朵及时地救场："不如每个人都说说自己是怎么通过初试的吧？"众人连忙点头同意。他们俩也只好互瞪了一眼，移开视线。

"我是跟着仲染昔进来的。"洛屿的回答引来安若绯一阵不屑的嘘声，他立刻毫不示弱地将质问的视线移向她。安若绯只好在众人的注视下不情不愿地坦白道："那时看时间快不够了，急得团团转，然后就莫名其妙地看到了通道。""原来你也会偶尔交好运啊。"洛屿讥笑道。

莫氏姐妹交换了一个意味深长的眼神。莫深岚踮起脚，一边把努力想捂住她嘴的莫浅岚轻松按下，一边大声说："我嘛……浅岚突然心血来潮要在山洞里跳三拍子圆舞曲来'驱赶恐惧'，我顺便让她多转了几圈，就幸运地通过了，说起来我还要谢谢浅岚呢。"

这种夸张的话虽然听起来缺少真实性，但车内还是爆发出一阵哄笑。之前令他们（主要是安若绯和莫浅岚）崇拜不已的第一名少女安静地坐在车篷一角，捧着那本神秘的书阅读。莫浅岚粉嘟嘟的娃娃脸皱成一团，愤愤地转过身去，不理睬他们。洛屿大笑道："没听说过跳舞能'驱赶恐惧'喔，这位同学，你确定自己没抽风吗？""她是骗人的！"莫浅岚带着些许哭腔喊。莫深岚这才打住，转而去哄这个让人哭笑不得的孪生姐姐。

"安静……都给我闭嘴！"姻依教授大吼道，把他们吓了一跳。"学院快到了。这里是虚拟之国忒尔，没有魔法天赋的普通人是看不见的，进入的方法有些与众不同，你们都下车。"他们又是一阵议论。

他们排队走下车，仲染昔率先发起疑问："虚拟之国是指什么？难道是原本不存在的学院吗？现在我们的视野里好像没有建筑的样子。"

"忒尔，这个名字在世世代代都会魔法的魔法世家里是耳熟能详的。"洛屿给他们做起了科普，"这是一个完全与地球区域隔开的空间，大概位置在宇宙的内银河系，魔法学院、隐藏魔法建筑等都建在忒尔，与地球的连接口由各个建筑的最高负责人掌管通行。"仲染昔听得暗暗赞叹，但很快就发现对此感到意外的似乎只有她一个人……难道他们事先都知道"忒尔"的存在吗？

"我和校长打过招呼了。每年引入新生到忒尔时，校长都会打开连接口让新生进入，事先不知情的学生会由教授来为他解释，不过之前完全没有接触过魔法的学生很少。虽然今年也破例出现了一个，但看来不用我介绍了。"姻依教授告诉他们，"退后一点，我要联络校长。"

她从衣服口袋里摸出一枚银色的徽章，把它拿到嘴边轻声说了几句话，徽章开始渐渐发亮，然后光芒一点点褪去。当光芒彻底消失时，一扇看不清对面的玻璃门出现在新生眼前。"这是连接口，你们一个接一个进去。在通道中，你们看不见其他人，只要顺着通道向前就可以了。通道里你所看到的事物会因你自身的经历与想法而异，不去在意它们就好了。"飒依教授提醒道。

"明白了！"胆大的莫深岚第一个走上前，推开玻璃门跨了进去。她的身形瞬间就被吞没了。洛屿扫了正惊恐地盯着玻璃门的莫浅岚一眼："你想什么呢？它又不会吞了你。""可，可是……"莫浅岚支支吾吾地应道，想起了什么，又低下头不敢说了。洛屿无奈地挠挠头，没再说什么，大步流星地走了。第一名少女不知何时已经消失不见，飒依教授耸耸肩："不用管她，她应该是第一个走的，在我给你们解释完通道之前。"冉汐源这才停止左顾右盼，略微不自然地理了理衣领，掩饰自己刚刚的情绪，疾步走进了玻璃门。

姻依教授看看正踌躇不前的安若绯，转头对仲染昔说："你先走吧，到了那里让他们先不要动。"仲染昔听话地点头，紧张而兴奋地小跑起来，奔进了那扇门。

虽说参加考核的时候总是要走各种让自己都难以置信的千奇百怪的通道，但这一次绝对是最令她难忘的一个。仲染昔觉得自己身处一片虚无之中，周边的色彩虚幻不定。她定了定神，抬脚向前走去，但视线却难以控制地移到另一处：模糊视线中高挑的背影，踏在倾斜的地面上，头也不回，决绝地越走越远。在她身后，碎石拔地而起，她的世界崩坏了，陷入一片黑暗……

那是什么？姻依教授曾说过在这个通道里看到的事物会因他们的经历与想法而异，可她的记忆里从来没有出现过刚刚那一幕。而仲染昔对所看到的那个背影也毫无印象，这是怎么一回事？她摇摇头，不去想那些事，继续向前快步走去，估计很快就要到通道尽头了。

一片虚无中，猛然出现了一个发着白光的四方形洞口。她奔过去，通道顷刻间消失无影，刚才看到的景象也被仲染昔抛到脑后。她穿过洞口，自己正站在莫深岚旁边，她、洛屿和第一名少女都望向前方。很快，人都到齐了。他们无一不为眼前景象所震撼。

面前是一座由白色大理石砌成的巨型教堂一样的建筑，

走进大门内，才发现别有洞天。里面空间极大，一排排整齐的长桌排列着；高高的天花板上吊着精致的水晶吊灯，此刻正熄着；四壁的大门紧闭，好像是通往其他厅堂的。这就是传说中的虚拟之国——不存在的国家？

"哇噻！"莫浅岚惊呼一声，姻依教授好像惊起了一身鸡皮疙瘩。她不自然地咳了几声："这里是学校的礼堂兼前厅，平时的重要活动都在这里进行，一会儿的入学仪式与晚会也在这儿举行。"

"晚会？"冉汐源有些惊讶地问，"必须参加吗？"洛屿也稍微面露不耐："很抱歉，但是我实在不想待在这儿，教授。"他故意咬紧了最后两个字。

"必须参加，要是让我发现你们有一个人不在场你们就惨了！"姻依教授终于忍不住咆哮起来。


半小时后，一切布置就绪。大厅的高台上拉起了鲜红的帷幕，几排长桌上点燃了独具风情的红烛，窗外渐渐黑下来，此刻水晶灯发出柔和而明亮的光，照亮了厅堂。

"一会儿校长会宣布你们正式入学，然后是新老生的交流晚会，跟老生及教授请教一些魔法也可以，但不能是强力魔法。"飒依教授板着脸道。不远处，迪修尔教授挥着右手道："哎，飒依！路途辛苦啊，有劳有劳……"

"迪修尔！"飒依教授毫不领情且地喝道，"你应该和我一起护送学生的，半路跑到哪儿去了？"

迪修尔讪讪一笑："呃，我去找映水大人，不，映水考官解决点儿事，她在某些方面可真是与外表不符地苛刻啊……""那是你活该。"飒依冷哼一声。

"好了……"飒依教授把注意力放在仲染昔他们身上，"去那张桌子。"她指了指中间的一张长桌。

一切就绪。仲染昔他们坐在了最显眼的位置上，等待老生入场。"放心，你们不会一直坐在这儿的，"姻依教授没好气地对一脸不愿的洛屿说，"等校长说完话就可以自选座位了。"

"叮……当……"大厅里响起了清脆的铃声，紧接着，四周的大门打开了。从每扇门后走出三三两两的少男少女，他们轻声谈笑着，服装并不统一。仲染昔很高兴自己来到了一个看起来气氛比较友好的学校。

他们入座了。正如姻依教授所说，这里的学生很少，空出了很多座位。虽然大多数学生是结伴而行，但也有少数人选择单独落座。仲染昔正在兴致勃勃地观察，突然听到一阵脚步声。

随着声音望去，大家看到一个身材高挑、气质出众的少女。她有一头罕见的冰蓝长发，诡异的淡金色瞳孔中毫无情

绪的波动，美艳的五官给人一种冷傲的感觉。她一步步走近的同时，仲染昔无来由地感到周围的空气在颤动着，一股寒霜袭来，空气都好像要凝结了。真冷啊！洛屿嘟囔了一句："奥罗拉有名的学生会会长，万年冰山苏离月。"

那个少女走到他们桌前，竟然就停下了，冰冷的目光并未移动，只是淡淡地说："映瞳，你选择与命运并肩前行，而我选择走在它前面。"那清冷的不大不小的声音却在偌大的大厅里带了点儿回声，令人侧目。

"这就是我们的不同之处了，苏离月。"当众人不明所以时，第一名少女用她特有的空灵的声音答道。

原来她叫映瞳吗？真美的名字。不过，映瞳是一个新生，怎么会和身为学生会会长的苏离月认识？仲染昔还来不及琢磨刚刚那两句令人费解的话，就听到一个十分温和的女声笑道："这真是一个快乐的夜晚啊，亲爱的同学们。"

仲染昔扭过头，看见刚才空空如也的高台上不知什么时候多了一个人。那是一个面容温润的年轻女人，她有一双带着笑意的、宽容的天蓝色大眼睛，好像一汪宁静的湖水，又好像湛蓝的天空，无比深邃，好像要叫人陷进去。

"莫利亚校长。"洛屿小声说。除了他们桌上的人，谁也没听到。

"校长？"安若绯大失所望地看着那个女人。显然，她以为魔法学院的校长一定是个有着三头六臂或看起来神通广大的出众人物呢。

"今天，我们的校园又迎来了七名新同学……是的，托夏尉殷小姐的福，只有七名。"莫利亚温和的声音在大厅回荡，她笑容可掬地环视所有学生，"但是，这七名新同学都是勇敢、优秀的！他们依靠自己的能力闯过了艰难的考核，向我们证明了他们有资格加入这个为开发天性而建的魔法校园。"听到这儿，莫浅岚的脸一下子像金秋的苹果一样熟透了，安若绯也好不到哪儿去。

"欢迎加入奥罗拉，走进魔法的神奇世界！"

洛屿心不在焉地跟其他人一起鼓掌，显然并不关心校长说了些什么。接下来的晚会是和睦的，冉汐源全程僵硬地坐在椅子上；莫浅岚为了证明三拍子圆舞曲不可能转那么多圈，亲自示范了一遍，结果莫深岚被毫不留情地转晕了，冲到厕所吐得天昏地暗；安若绯在校长的亲自指点下终于施展了火系魔法，却因为用力过猛烧焦了自己的衣服……其他人在一边看得津津有味，不亦乐乎。

仲染昔提前离开了欢乐的大厅，去寻找自己的宿舍。姻依教授递给她一串水蓝和银相间的小巧钥匙，"把 121 号肖像打开。"

"把肖像打开？"仲染昔怀疑自己的耳朵出了问题，"但

是……这不是门钥匙吗？"飒依教授简短地解释道："没错，由于是虚拟之国，忒尔内的魔法学院整体构造都会采取之前在地球出现过的虚拟世界里较好的想法，将那些元素融入这里来。在奥罗拉的每一幅肖像都是一个房间的入口，整所学院共计有肖像 173 幅，也就是 173 个房间。这个创意其实源自近一百几十年前地球上的一个虚拟世界，其名为'霍格沃茨'。"原来这里的房间设计和《哈利·波特》有着异曲同工之妙！她恍然大悟。

"对了！"姻依教授叫住拔腿欲走的仲染昔，神情不太自然地说，"你住的宿舍里还有另外一个人，她……，性格不太寻常，和其他学生有些区别，还请你多包容一下。"仲染昔虽然听得一头雾水，但还是点点头。

她走近西边的大门，向内张望了一下。没有房门，走廊的两侧全是壁画，下面的标牌上刻着数字。也许大部分的房间都是宿舍以外的用途吧，这样想着，她找到了第 121 号壁画。那是一个高洁的妇人，手中捧着一个金色圆环似的东西，标牌上"121"的下方刻着几个字：学生宿舍。

"就是这里。"仲染昔低声说，把钥匙插进旁边的小孔，拧了两下，推开房门。这是一间凌乱不堪的大屋子，本应宽敞的地板上横七竖八地丢遍了行李和课本，唯一的桌子上摆满了各式各样的小型仪器。一个和她看起来差不多大的少女从房中探出头，笑嘻嘻地说："哎呀，这就是入住这间宿舍的学妹啊。你好，鄙人夏尉殷，从此以后我们就是相亲相爱的舍友了，请多关照……"

两人尴尬地对视两秒，披着一头咖啡色长发的少女"呵呵"两声，将目光移向满天星斗的窗外："今天的天气真好啊……"

"好你个大头鬼！你这个死骗子，竟然还敢出现在我面前！"仲染昔罕见地额头上青筋暴起，攥紧了拳头。瞪向几天前令她火冒三丈的"罪魁祸首"。

自称夏尉殷的少女讪笑两声："不就是三个铜币嘛，咱们好说好商量……哎哟！姑奶奶我错了还不成……哎，你快看这是什么？"她十分惊奇地问，一脸的不解。

仲染昔也好奇地停下来，半信半疑地问："你说什么啊？"夏尉殷伸出一只手，直指着她的左眼，并从口袋里掏出一面小镜子递给她。仲染昔接过去一照，蓦然发现自己紫蓝相间的左眼眸中间，出现了一个不大明显的白色图案，像是一朵盛开的不知名的花。"这个东西……以前没有啊！应该是进了奥罗拉学院后才出现的吧，是什么东西啊？呃……算了，接着算你的账！"她又气势汹汹地举起拳头，夏尉殷吓了一跳。

"唉，等等，手下留情啊！"

不久，从西边的长廊传来一声郁闷的惨叫，还夹杂着乱七八糟的告饶声。冰蓝色头发的冷漠少女皱了皱眉，转过身看着一个方向："吵死了，声音这么大。在这个学院里就不能安分点。"

　　"呵呵！这个样子不也很有意思吗？"站在她身边的少女低声笑了笑，"对了，你知道吧？那个人……应该也知道那件事了，毕竟比我们先行动了，应该是那位大人安排的吧。"苏离月不太确定地看了她一眼："你真的确定她是在'行动'而不是……""我相信命运的安排是不会有错的。""又是'命运'……算了，你所指明的道路往往是正确的。"

　　那么……两人眼中难得不约而同地透出一丝惆怅与期待：这一次，他们之间将碰撞出怎样的火花？窗外的树叶在凉爽的晚风中沙沙作响，新一轮宿命之旅即将启程……

# 9. 第一次任务

在用自己积累了 6 年的武术功底把夏尉殷打得连连告饶后，仲染昔正式开始了她的学院生涯。和她所想的差不多，所有课程都与魔法相关，教授的都是有关魔法的各种理论，毕竟他们只是刚刚入校的新生。但仲染昔很快就发现了一件事：她"亲爱"的舍友同志几乎天天在不遗余力地进行着逃课工程，怪不得姻依教授当初会那样和她说……

开学第四天的清晨，仲染昔揪着夏尉殷的耳朵出现在 17 号肖像教室门口时，飒依教授明显露出了解气的笑容。

"啊，夏尉殷，"她竭力不让自己显得喜气洋洋，"看到你再次出现在这间教室里，真是令我既惊讶又欣慰呀。"她向仲染昔点点头，"还得好好感谢你的舍友。"

"呃……姻依教授，斗胆问句，小仲的潜力如何啊？"

夏尉殷的耳朵生疼，她赔着笑脸，小心翼翼地说。

提到这点，姻依教授看仲染昔的目光瞬间变得职业起来：
"这孩子悟性不错，就是不太适合元素系的基础魔法，我不
知道什么属系的魔法适合她使用，真是奇特又难得啊……"

"既然这样，我带小仲去做任务吧！"夏尉殷的眼睛一
下子亮了，拍着胸脯保证，"我一定会为教授您揭晓答案的！"

姻依教授迟疑了一下：夏尉殷做事一向众所周知的不靠
谱，仲染昔又是新生，把任务交给她负责不会出事吗？但好
不容易找到了专克她这种无赖性子的仲染昔，再说自己也很
好奇那个答案。再三犹豫后，她还是批准了。

"教授工作顺利，万福金安！大恩大德永世难忘啊……"
夏尉殷拖着仲染昔离开教室，来到大厅的一个不起眼的角落。
那里是任务派发处，专门根据等级给学生组成的小队派任务。

"小仲，咱们挑一个简单的？"她笑容明媚，兴高采烈
地对仲染昔说（可能是因为终于逃离了姻依教授视线的缘故）。
负责派任务的迪修尔教授扫了她们一眼，随手从桌上堆积如
山的卡片里抽出一张扔过去："懒得跟你们废话了，直接拿
卡走人吧！"

"唉！教授大人，这样我怎么交差啊！您也要考虑
一下……"

仲染昔拽着她到一边，说道："喂，骗子（自从在宿舍

再次遇到夏尉殷后，就一直这么叫她，她也不在意被人这么称呼），是你说要来这儿的，可不能反悔！刚刚是谁自信满满地跟姻依教授保证说不会有问题的？"后者哭丧着脸晃了晃卡片："可是小仲，你也不先看看这是什么？A级！我一个小小的万年留级学姐带着你这个刚入学不久的新生能做什么A级任务？迪修尔教授也太过分了！"

"原来你就是个留级学姐啊，亏我还以为你有多神。"仲染昔挖苦道，"话说回来，A级任务是什么？"她只知道学生做任务可以免去其时间内的所有课程，任务则是学院根据难度分类交给学生自愿办理的各种工作。"任务分等级吗？"

"那当然了！"夏尉殷又开始念叨起来，"D级是最简单的，比较适合练手；C级就有点难度了，要是运气好，这儿的老生也能轻松解决；然后是B级，比较危险，会威胁到人身安全，是专门给有经验的学员准备的。除了根本不是给学生做的S级以外，A级任务是最难的了！"

两人都沉默半晌，"所以，你想反悔吗？"仲染昔满怀希望地问。

"……算了吧。"夏尉殷心虚地吐吐舌头，嘟囔了一句"谁知道她会怎么整我？"这不由让仲染昔怀疑她和姻依教授有什么深仇大恨。

"你们要去做任务？加我一个。"洛屿不知何时来到了

身边，兴致盎然地说。夏尉殷扫了他一眼，阴笑道："哎呀，原来是洛屿学弟。你也对这个任务有兴趣？"

"夏学姐，久仰大名。"洛屿皮笑肉不笑地点点头，凑过去低声说，"听说你最近一次去'借'姻依教授私藏品的工程还缺人掩护？我来帮忙。获利四六分，我四，你六，怎么样？"

"终于遇到一个合口味的学弟了，成交！"夏尉殷激动地握住他的左手，使劲摇晃。洛屿笑得阳光灿烂，一脸的人畜无害，不过看向被夏尉殷握住的手时眼神有些不自然，似乎不太喜欢和其他人直接接触。这下，仲染昔认为姻依教授就算扒了这两个家伙的皮也可以理解了。

大厅的空气猛地被冻住了，一股寒风袭来，夏尉殷打了个寒噤，弱弱地转过身去："苏离月……"仲染昔心头一愣。

一头像是被染出来一样的冰蓝色长发雪般光洁，金色的大眼睛，苏离月的鞋跟敲击地面的声音清脆无比，好像地板上结了一层薄冰。她仍是一副拒人于千里之外的冷漠模样："夏尉殷，姻依教授不放心你带新生做任务，此次任务由我全程负责。"夏尉殷偷偷地撇了下嘴，立即又摆上笑脸。

"哦，当然可以了，非常感谢你的配合！欢迎加入，那么，现在小队满四人，可以、可以……"她心不在焉地说。苏离月一皱眉："卡片呢？翻过来！"

夏尉殷手一翻，那张卡的背面朝上，几个人凑过去，认真地看着要求。洛屿小声念了出来："潜入哈桑德古堡西塔最高层，寻找一张写满古埃及楔形文字的羊皮密卷，切忌暴露……真实身份？"

"总之，一个不小心就是身首异处啊。"夏尉殷"悲哀"地盯着卡片，又瞥向不为所动的苏离月。

"为什么？"洛屿和仲染昔异口同声地问。

哈桑德古堡，英格兰保存最隐蔽的魔法"遗迹"古堡，至少有上千年的悠久历史，现由玛丽·托格默塔一支的后裔掌管。

"魔法'遗迹'古堡？那是什么？"仲染昔不解道。

"看起来像废墟的扭曲空间城堡，只要你在废墟里找到'钥匙'，就可以破解幻象，看到它真正的样子。"夏尉殷解释说。

"那么'钥匙'会是什么样子，我们又怎么找呢？"仲染昔又好奇地追问下去。"这个我们自己可以找到，都是和被隐藏的地方有关联的普通物品。不过你的问题还挺多，看来是最近才知道魔法世界吧。你们这一届的新生大多来自魔法世家，你算是个例外了。"苏离月语气淡漠地说，脸却逼近了仲染昔。那强大的气场让她颤抖了一下，连忙扭过头去，

不敢再问下去。夏尉殷小声嘟嚷了一句："不要随随便便就欺负小同学嘛，冰块果然很霸道。"不过没敢让苏离月听见。

"为什么容易掉脑袋？"洛屿饶有兴趣地问。"到时候你就会深刻体会到的，托格默塔家族……刑法的孪生兄弟，你真该查查资料，和他们相关的词语：死亡、法律……"夏尉殷苦着一张脸。

怎么听起来这么不祥呢！仲染昔眨眨眼，她好像被卷进一个有点儿麻烦的事情里了……夏尉殷拍拍她的肩："小仲啊，自己选择的路，就是跪着也要走下去！""这又不是我自己选择的！"然而，反对是丝毫不起作用的。

"英格兰离这儿很远呢，我们怎么过去？况且交流时要用英语说吧？"洛屿又提出了疑问。苏离月看向夏尉殷，她心领神会，趴在地上用手画着什么。"那是……"

"魔法传送阵。"苏离月淡淡地说，"不管她，把这个吃了。"她塞给洛屿和仲染昔一人一片白色的药片。仲染昔眨了眨眼，意思是说"为什么吃药？""把它吃了，就能立即学会世界上的所有语言。""那可真是方便，如果药片之于世的话地球的学校都用不着上外语课了。"仲染昔和洛屿把药片塞进了嘴里，没有任何味道。

"对了，你们两个还没有正式的任务代号吧？""代号，那是什么？""为了掩藏身份设定的称呼。"

"是随便起名吗？那我叫……Joker 吧。"洛屿托着下巴说。仲染昔奇怪地看着他，这名字有点怪怪的感觉，意思应该是扑克牌里的"王"吧？"我就叫夕，夕阳的夕。"她也很快想出了自己的代号。

"速度还挺快，比夏尉殷靠谱多了，当初她抱着脑袋想了半个小时，从最初的二十五种里筛选了五次，中途还反悔两次，最后才决定。"苏离月点点头，殊不知听到这里的两人已经呆滞了。"我的代号是'冰凌'，夏尉殷叫'假面蝴蝶'任务过程中对外的互相称呼都是代号，私下交流可以恢复正常。你们明白了吗？"两人点头，一副似懂非懂的样子。

"夏尉殷，好了吗？"苏离月不耐烦地看向那边，夏尉殷急忙应了一声。夏尉殷把两人推到那里，地面上已经赫然出现了一个带着繁复花纹的光圈。

"站到圈里去！"夏尉殷急匆匆地说。不远处，迪修尔教授正满脸杀气地冲过来。"噢，糟糕了……"

夏尉殷和苏离月以最快的速度跳了进去，光圈散射出一阵刺眼的强光，瞬间把他们围住了。仲染昔感到了一阵强烈的挤压感，好像被挤进了一个狭窄而拥挤的空间。她只来得及听见迪修尔教授的最后一声怒吼："夏尉殷，你给我回来，跟你说几遍了不许在这里画传送阵！"

"啊哈，我们到了。"仲染昔轻声说。

"那又怎么样？"洛屿的声音跟着响起来，"我感觉要被那个见鬼的什么传送阵给闷死了。"

"但它是有用的，不是吗？就是这里。"夏尉殷伸出左手，仲染昔顺着看过去，看到了一片实实在在的废墟：破碎的瓦砖堆积如山，空气中弥漫着一股油漆似的刺鼻气味，可能是刚下过雨，泥土还有些湿润，十分松软。洛屿扬起了眉毛，四下打量。

"我没看出这里有你们所谓的'钥匙'。"他说。

"那是因为你看不出来。"苏离月干练地抄起一块瓦砖，"一定就在这附近，你们也要来帮忙。"

"是，是。"夏尉殷认命地叹了口气，走了过去。

仲染昔看不出这里有什么可找的，除了瓦砾就是泥土，但她还是跨了过去，在废墟中胡乱翻找。若有路人经过，一定会对这番情景感到诧异的：几个年轻的少女在专心致志地挖砖块，一个少年双手环胸，站在一旁冷眼旁观。从他人的视角设想一下，她有些哭笑不得。

"找到啦！"夏尉殷大吼一声，从里面抽出一把无刃的尖刀，苏离月松了口气，站起来："快点，破解幻象吧。"

"噢，又是我。"她假装不情愿地耸肩，招来苏离月的一记眼刀，于是连忙照办，对着尖刀念了一串复杂的咒文。

随着"砰"的一声，四围的景物开始扭曲、变形，最终化成了另一番景象。

"任务开始。"苏离月压低声音。（后文双方的交流全部为英语）

## 10. 塞塔斯和莎瓦尔·托格默塔

　　"已经很久没有人来这里了，你们是谁？"一个挺拔有力的声音传来。他们抬眼望去，只见一个身材高挺的黑发少年昂首阔步向这里走来。少年相貌俊朗，与洛屿的悠闲、刻薄形成对比。他浑身透着一股阳刚之气：一对浓黑的剑眉，鹰一般犀利的眼睛射出深邃的光。此刻，少年高昂着头，看向他们的目光似是探寻、似是傲慢，好像童话中的贵族少年。

　　夏尉殷打了个呵呵，上前笑言道："路过路过，无意打扰您的雅兴。我们只是云游各地的魔法师，敢问您尊姓大名啊？"

　　少年似乎很受用这一套恭维话，傲然说道："我吗？我是这哈桑德古堡未来的主人和守护者，尊贵的塞塔斯·托格默塔少爷！你们究竟是什么人，能破解我哈桑德古堡的遗迹掩藏结界，一定有什么目的，绝不只是魔法师那么简单！"

几人面面相觑，皆是一副头痛的表情。看来这个"塞塔斯少爷"的直觉很敏锐。

"原来只是个被宠坏的大少爷。"夏尉殷最先开始行动，她对着仲染昔耳语道，"小仲你上，让他带我们进去。"一把将她推了出去。

事已至此，仲染昔只能硬着头皮上了。那个白色药片的作用可真不小，本来半吊子的英语让她一下子说得无比流利：

"托格默塔先生您好，我叫夕，是一名新人魔法师，我们久仰哈桑德古堡的大名，一直期待能进其中好好游览一番，不知道能不能请您带我们进去参观？我为之前的不请自来表示歉意。这些人是我的朋友：Joker，冰凌和假面蝴蝶。"

不知是因为少女的语气还是那谦卑有礼的问候语感染了他，塞塔斯随和地答应了："亲爱的客人们，请进吧，哈桑德欢迎你们！"他彬彬有礼地鞠了一躬，那模样活脱脱一个有教养的绅士，与刚刚咄咄逼人的形象完全不同，他转身向后。夏尉殷拍了拍仲染昔的肩膀："小仲，干得漂亮！"

他们仔细地观察这个城堡，真是无比雄伟。大理石砌的堡身，耸立在远处的高塔，还有肆意飘扬的旗帜，都令他们目不暇接。两个高年级的学姐只看着高耸入云的西塔。那塔竟然让人望不到顶。

"请吧。"塞塔斯又说了一遍。仲染昔他们这才回过神，跟着塞塔斯走进了看起来威严的大门。

"有钱人真好啊！"夏尉殷心潮澎湃地说。

城堡内摆满了各式各样的珠宝，宽阔的厅堂里点着明晃晃的灯。仲染昔有些紧张地四处望望，压低了声音问："现在怎么办？"

"打探消息，了解潜入西塔的方法。如果可以的话，不要被人发现。"苏离月面无表情，并没有刻意小声说话，但和那时的映瞳一样，没有其他人能听见。

"塞塔斯少爷，您的古堡真是太宏伟了！敢问您知不知道这些珍藏在古堡里的珍品都是什么来头？"另一边，夏尉殷已经谄媚地和他聊了起来。仲染昔无声地翻了个白眼。

"这个财迷，哈桑德古堡估计要遭贼了。"苏离月冷冷地说，一副袖手旁观的样子。洛屿则眨了眨眼睛，笑眯眯地说："这才是夏学姐嘛。"幸亏塞塔斯没听见，不然非气死不可。

"我吗？"塞塔斯骄傲地挺起胸，派头十足地说，"我是托格默塔家族现任的少族长，也就是未来的族长，我是玛丽·托格默塔大人的直系后裔、英·托格默塔族长的儿子！客人们，欢迎你们远道而来，我决定好好招待你们。莎瓦尔，给客人们上茶！"

这一次，连苏离月都有些惊讶。她扬起头，对洛屿、仲染昔两人道:"听说过塞塔斯·托格默塔这个名字的人可不多,托格默塔家族现任族长英·莎瓦尔·托格默塔倒是在整个魔法界都有名,据说他唯一的侄女就是以他的中间名命名的……假面,你知道吧?"

她和夏尉殷飞快地对视了一下。塞塔斯瞬间目光一沉,假装不经意地说:"英·托格默塔族长身份尊贵,但我堂姐的血统遭到长老们的质疑,目前以寄住者的身份留在堡内。"寄住者?夏尉殷眼神稍微闪烁了一下,随即恢复正常。这么说来,她……苏离月默不作声,好像这一切都和她没有关系。

"让客人们久等了。"一个年轻女郎从远处走来。她那被晒成古铜色的皮肤在灯光下熠熠闪烁着,眼睛也闪闪发亮,浑身耀眼的气质令人无法忽视。"我叫莎瓦尔,初次见面。"

"莎瓦尔,你太慢了,我们托格默塔家族的待客之道可不是这样的。"塞塔斯的话语中带着隐隐的不悦。看来这个族长的侄女十分不受待见啊。与其说是因为血统问题,不如说问题出在她母亲,也就是现任族长英·托格默塔那个神秘的妹妹身上。根据学院的资料库记载,托格默塔家族在英这一辈出现过一个家族的背叛者,就应该是英·托格默塔的妹妹了。苏离月这样想着,目光转向莎瓦尔。

苏离月取出一个小巧的笔记本,飞快地记录着什么。塞

塔斯疑惑地看向她，一旁的夏尉殷连忙笑道："没什么啦，冰凌有随时记下她所看到的风景的习惯。塞塔斯少族长，咱们聊聊这条镀金琥珀项链。您说它有五百年历史，价值五十四万有余……"

"经过先人的淬炼，价值应该提到七十万左右了。"

"五百年历史，还经过专家淬炼，只卖七十万太便宜了，简直是暴殄天物！要让我来卖，起码要几百万，现在人的眼光和商业头脑啊……抱歉，开个玩笑，不用放在心上！咱们继续，继续……"

"开个玩笑把自己的真实想法说出来了，"洛屿悄悄地对仲染昔说，"这次任务结束她肯定会爱上哈桑德古堡的……如果她幸运的话，这里会被洗劫一空的。"

仲染昔默默表示同意。

莎瓦尔想到了什么，扭过头对塞塔斯说："在大厅里请客人喝茶似乎不妥啊……少爷，不如把他们请到我的房间？"他绷着脸点点头。她领着他们向一个侧门走去。

跟着她进了房间，夏尉殷小声"哇"了一声，立刻对莎瓦尔刮目相看："看不出来你还挺富的嘛，这房间太炫了，真要亮瞎我的眼啊！"另外三人再度鄙视她的势利眼，莎瓦尔回以微笑。

"这是英大人原本送给我母亲的房间，现在母亲去世了，也就理所当然地属于我。"莎瓦尔轻笑道。

塞塔斯扫了一眼这个繁华富丽的大屋子，似是想到了什么，冷冷地一摔门。留下一句话："客人们就交给你了，莎瓦尔。真不明白继承了一间属于家族背叛者的屋子有什么让你骄傲的地方，我是不想在这儿待下去了！"

"你这样做太过分了，塞塔斯。即使是未来的族长也无权这么无礼。"莎瓦尔低声说，眼中并未流露出什么过激的情绪。夏尉殷顿了两秒，讪笑着不知如何是好，内心默默盘算着该如何救场。苏离月面容依旧冷厉，又在笔记本上画了两笔，仍不开口。洛屿随便找了把椅子坐下，也不打招呼，好像周围发生的事都与他无关。只有仲染昔呆立在那儿，还没反应过来塞塔斯的突然离去是怎么一回事。夏尉殷示意她坐下。

"让各位见怪了。"莎瓦尔很快调整好情绪，重露笑颜，"塞塔斯他……对我的母亲有些不满，但我相信他总有一天会想明白的，毕竟他是托格默塔未来的族长。各位请坐，我去端茶。"莎瓦尔向门外走去。夏尉殷松了口气："这次任务赚大了！哈桑德古堡真是宝库啊，只要用储物空间把东西收了……"她扬了扬手，一个闪闪发光的银器格外显眼，她毫不犹豫地大笑道，"我就是人生赢家了！"

"夏学姐好志向！"洛屿拍拍手。苏离月又皱起眉："吵死了！"

不一会儿，几个人坐在一张大桌前，品尝着清凉的茶水。莎瓦尔笑眯眯地介绍道："这是哈桑德古堡的名茶。用蜂蜜和茉莉花瓣酿上七七四十九天，再加上红酒助味，微有甘甜而不腻。初入口时只觉得甜，一会儿又凉透口腔，像化掉了一般，对身体是完全无害的。我们一直都是用它接待尊贵的客人。"

"那怎么好意思呢，尊贵一词……"夏某人刚才还大言不惭地宣布要偷尽这儿的宝贝，这会儿又客气起来。苏离月对她这个样子早已习以为常，长叹一口气，单刀直入地问莎瓦尔道："你知道西塔吗？它有入口吗？"

莎瓦尔先是一愣，随即别有用心地笑言："看来冰凌小姐不太了解哈桑德古堡呢。西塔被外人称为'死亡之塔'，是被禁止进入之地，塔身是没有入口的。不过古堡的地底都相连，可以从那儿绕道吧。""如何进入地下呢？""沿着大厅的侧面楼梯走下去就是了，还有指路牌呢。"她毫不隐瞒地坦白道，好像完全不担心这些重要情报的泄露可能导致怎样的后果。仲染昔则感叹苏离月问问题的直接。

她又记下一段话，颔首道："多谢你了。不过，出于好奇，我还有一个问题。"莎瓦尔问："出于好奇？请小姐问吧。

101

我会尽己所能来回答你。"

"请问，你的母亲是什么人？为什么塞塔斯说她是'家族背叛者'呢？"苏离月一字一顿，丝毫不理会身后夏尉殷的抗议。莎瓦尔面上明显有些为难，最终淡然一笑："你们对此很感兴趣吗？也罢，我认为你们是值得信任的，就和你们说一说哈桑德古堡这一段被隐藏的故事吧……"

# 11. 奈尔和英的故事

　　这是一个发生在已经过去的世界，尘封着一段不为人知的秘密往事，以及……这世上最为含蓄、难以察觉的亲情。

　　很久以前，以铁血无私闻名魔法界的托格默塔家族有一条规则——第二十三条法则：在哈桑德古堡的所有居住者若以任何方式见到对托格默塔家族有威胁的存在者而不对其施以王法，皆处以死刑，无论其是否做了伤天害理的事。这条不成文的规则直至二十年前才被现任族长英·托格默塔亲自废除。在那之前，这是哈桑德古堡最严厉的铁则之一，违反者将受到最严重的处罚，甚至在被处刑后无法在古堡里拥有自己的陵墓。当时没有人愿意接受这一屈辱，便严格地按照法则执行。

　　故事始于二十九年前。当时，托格默塔家族族长在一次任务中患上不治之症，在病榻上挣扎着执政了几个月后不幸病逝。长老们经过几番商议，决定让仅有的两位王位继承人展开竞争。两人年满十六岁之前，在各方面取得的成果及荣誉都会被记录下来。最后在两人的十六岁生辰上宣布最后的族长人选。

那时候两位继承人尚年幼，分别是英·托格默塔和仅仅小他几天的妹妹奈尔·托格默塔。当年，他们年仅七岁。

当他们得知这件事后，英一开始主动提出要放弃竞争，让奈尔直接成为未来的族长，不想却遭到了长老们的集体反对。实际上，长老们在心里更希望哥哥英来继承族长之位，只是为了对外维护奈尔的尊严而放出"公平竞争"这样的话。因此，从那以后奈尔从原来的住处——古堡的西塔楼搬到了另一个位于主塔里的房间。她的生活被限制在一个很小的区域，随时被人监视着动向。相比之下，英·托格默塔却开始频繁地被邀请参加处理各种家族事务，手忙脚乱地着手于各项工作的他完全没有意识到长老们单方面的私心以及与妹妹之间突如其来的隔阂。

阳光火辣辣地烤着大地，英蹑手蹑脚地溜到古堡二层的侧边走廊，推开一扇大门。房间里很暗，只有窗户外些许的阳光让这个大屋子里勉强增添了一些光线。英一边向前走一边轻声呼唤着："奈尔，奈尔！你出来一下！"

"奈尔，别闹别扭了，快出来。你不会想让长老们以为你是个胆小鬼，就这样放弃了竞争吧？"用软的不行，英只好改用激将法。果不其然，对方终于有了反应。不过……

"哎哟！"英感觉自己头上结结实实地挨了一下，随即听到一个怒气冲冲的声音，"你说谁是胆小鬼，自己还不是那个成天战战兢兢的窝囊样！"

英揉揉脑袋，露出一个无奈的苦笑。奈尔明明是妹妹，性格却强势得像自己的姐姐一样，再加上她在武术和谋略方面都远比自己高明，他真的不明白长老们当初为什么会反对奈尔当族长。"奈尔你别生气了，我这次来是有个好消息。之前长老们好像不太希望你做未来的族长，现在他们同意了，只要……只要你答应，不把'那件事'透露给任何人，也不去插手此事，你就可以和我再一次公平地竞争了！不过，'那件事'指的到底是什么啊，你能告诉我吗？"他又一脸迷惑地带着点儿期许问道。

"长老们怎么会让这样一个笨蛋当未来的族长！"奈尔愤愤地说，从阴暗处走了出来。她虽然算不上漂亮，但脸上的勃勃生机和犀利的眼神绝对让人记忆深刻。英看了她一会儿，说："奈尔，你的眼神看起来有点吓人，这样别人没法和你好好相处啦。能放松一点吗？""才不要！哪有你这样的，一点也没有当哥哥的气势！"奈尔嘟着嘴，"嫌弃"地看着英。

竟然被自己的妹妹看扁了……英尴尬地扭过头，突然想起来什么，兴奋地转回头来对奈尔说："奈尔，趁着长老们现在忙着开会讨论家族的事，咱们出去玩吧！"

奈尔被他这样大胆的提议给吓了一跳："出去？要是被他们发现我们就惨了！""那你就是不敢喽？""谁说我不敢？！那我们去哪儿啊？"英压低了声音，神秘兮兮地说："就去古堡外围的湖转转吧！你快跟上来！"

几分钟后，奈尔和英，躲过守卫的看护，悄悄地溜到了城堡的外面，来到一片美丽的湖边。湖面波光粼粼，在阳光的照射下闪烁着晶莹的光泽，像一块无瑕的水晶镶嵌在地面上，周边的树木花草郁郁葱葱，水天一色。

"我就说出来玩没错吧？"英看到奈尔对这里的景色流连忘返，十分自豪地说。奈尔没理睬他，不由自主地感慨道："这儿真美啊！如果能一直看到就好了。"

"你在说什么啊，等我们其中一个人当了族长，一定会带着另一个人再一起来这里看风景的！"英坚定地说。"一起呀……那就谢谢你啦，哥哥。"奈尔突然甜甜地笑了，那种不属于正常女孩的犀利与倔强一瞬间无影无踪了。英不由得看呆了，这时的妹妹……真好看。

"看什么呢？"一秒钟的时间，奈尔又恢复成了那个凶巴巴的小姑娘。"没……只是在看湖面。""我说哥哥，你

有没有觉得这哈桑德古堡就像一座监牢？"英愣了一下："你说监牢？为什么这么想？"奈尔淡淡地解释道："我们托格默塔家族世世代代都生活在这里，虽说身为一方的统治者，但除了外访和完成家族事务，根本就没有机会离开这个名为'哈桑德'的结界，只好待在这里度过终生。这不就是一所监牢吗？"

"这……"英猛然想起，自出生以来，他从未离开过哈桑德古堡的地界。虽说是未来的族长候选人，但正如奈尔所说，就像被囚禁在这所古堡里一样，他从来没有真正见过外面的世界……

"承认了？这就是事实。"奈尔见他沉默不语，顺口说道，"哥，你真的想当托格默塔族的族长吗？"

英听了这话，心里一惊。他为了掩饰自己内心微小而令人恐惧的动摇而反问道："你想当吗？"奈尔一脸不屑道："不过是一族之长而已，岂能缚我心念？我迟早会破了这个监牢，奔向我一直以来所追求的自由！"英看着奈尔，这样狂傲不羁的语气……不是他所熟悉的那个妹妹。

"傻哥哥！你怎么总是发呆？"又是一拳砸在他头上。奈尔嘟着嘴，气鼓鼓又蹦蹦跳跳地回去了，仿佛她从来没说过那番震撼英的话一样，又变回了那个天真活泼的小女孩。英又愣了一会儿，心事重重却又心满意足地跟着奈尔走了。

这才是我喜欢的妹妹。

一个月后，当英看到贴在古堡大厅正中央的告示后，颤抖着站在那里，无法相信自己的眼睛。

奈尔·托格默塔，原托格默塔家族族长候选人之一，于昨夜秘密盗走家族最高机密文件并连夜潜逃。经全体长老讨论并投票，决定抓捕其归案，并处以极刑。

后面是长老会的盖章。

然而，那并不是最让他心痛的……

下一行，用红色的墨水印着一行大字：

抓捕奈尔一事由托格默塔家族少族长英·托格默塔全权负责。

终于，他最终还是当上了唯一的少族长。

英失魂落魄地飞速奔离了大厅。他甚至能感受到部分下人看向自己时略带同情和怜悯的目光。是啊，长老们怎么能这样呢，竟然让他抓捕自己的亲妹妹……

他也不相信，那样单纯又天真的奈尔，那样可爱的妹妹，

怎么可能做出偷走家族机密并逃离古堡这种赤裸裸的背叛家族的事？这其中一定是有什么误会吧！等亲自见到奈尔，他一定要问个水落石出。在那之前……

他猛地停下了，停在一间狭隘而黑暗的房间前，一把推开虚掩的门。

呈现在他面前的房间里竟是一片白，所有的家具都被一层白布盖得严严实实。昨天之后，这座古堡毫不留情地抹去了奈尔曾经存在过的痕迹，一点不剩……

英跌坐在房间外的地板上，失声痛哭起来。此刻，他想告诉奈尔：自己根本就不在乎什么未来的族长之位，也不在乎其他人的看法，他只是想简单地守着妹妹，这个他在世界上仅存的亲人幸福地度过一生。

然而，他最终还是失去了妹妹，他早该想到的。早在一个月前，奈尔与他来到湖边时，就说得不能再明白了。如果他那时没有那么迟钝，早点领悟过来，说不定奈尔就不会离开，一切就不会发展到无法挽回的境地了。

"我……就像奈尔所说的，果然是个傻哥哥啊……"英内心无比悲凉，看着已经人去楼空的房间，他不再说话。然而他并不知道奈尔离开古堡的真正原因……

八年过去了，对于英而言，这是何等漫长的八年。他将寝食外的所有时间都投入到寻找奈尔的行踪中去，却无法寻到妹妹的踪影。终于皇天不负有心人，于距古堡几十里外一座荒废的小镇上发现了奈尔的踪迹。

"奈尔·托格默塔！你快点投降，跟我们回哈桑德古堡，接受长老们的制裁！"几个随行的卫兵叫嚣着，围成一个圆圈包围了奈尔，并步步逼近。

被围的少女面露不屑。经过八年的流亡生活，她反倒变得生龙活虎，落魄却依然高贵、任性妄为。"就凭你们还想带我回去？不过，这倒是八年来托格默塔的人第一次找到我，你们也没感到羞耻？发动了半个古堡的力量还找不到一个普通的女孩。"

"你……"卫兵被反驳得哑口无言，只好请出英来压阵，"少族长，您请！"

英走进包围圈，蹙着眉看向奈尔。他没有料到自己期盼了八年的重逢会这样令他失望："奈尔，你变了。能跟我回去吗？"

"别装绅士了，托格默塔的少族长。想抓我就来啊，我才不会主动回去呢。"奈尔轻佻无礼的语气，她对哥哥的称呼深深地刺痛了英，他没想到他们之间的隔阂已经那么深了。

"奈尔……我是你哥哥。"

"我当然知道你是我哥哥了！"奈尔莫名其妙地看着他，"但我可不会那样叫你，更不会回到古堡。""不行，你必

须回去。我要知道八年前到底有什么误会！"英固执地说。

"你那叫冥顽不灵！"奈尔骄横地说，"我完全没有必要告诉你！既然已经见面了，你也该带着这些人撤了！"被哈桑德古堡的人发现真是她的失误。

英还是不肯放弃，坚持道："可你是我的妹妹啊！不管有什么事妹妹都不该瞒着哥哥的！"奈尔顿住了，她眼中一时间涌出复杂的情绪。过了一会儿，才恢复漫不经心的样子："好啊，本小姐改变主意了。最好趁着我没反悔时行动。这次，我就赏个脸大驾光临哈桑德古堡！"卫兵惊喜交加："少族长，这真是太好了！果然只要您出马，什么事都能解决！不过，奈尔·托格默塔为什么会自投罗网呢？"然而，他们等不到回答。

"奈尔，你真的变了吗……"英还在十分失落地想着。

回到古堡后，奈尔立即被长老们派遣的卫兵看守起来，牢房被看管得滴水不漏。她对此表示不屑一顾，自顾自地躺在房间里酣睡起来，拒绝和任何人说话。

"我把她带回这里，真的是对的选择吗……"英犹豫不决。他绝不是希望自己的妹妹被处刑才带她回来的，他只是想问个清楚：八年前的事，她是否真的那样做，出于什么动机？可是，自己似乎害得她再次失去了好不容易得来的自由，奈尔会怪罪于自己吗？

如果真是那样的话，奈尔，对不起。我本来不想打扰你的自由……

然而，奈尔·托格默塔用事实证明了，她并不需要他的道歉。因为她在被关进古堡的第四天，就再次成功地出逃了。

长老们为此大发雷霆，降罪于看守她的卫兵们，却被意外地告知：奈尔的实力非同寻常，竟然以一己之力制服了在场的所有人，毫不费力地逃出了古堡。临行前，她还嚣张地留下一句话，说要英在她过去的房间里多留恋一下，当作这次请她回来的报酬。

英不知道自己的妹妹在想什么，但他永远相信：奈尔是不会哄骗他的。于是，英不顾他人的劝阻，走进了奈尔以前住的房间，一待就是一个星期。

他在房间里一个不起眼的角落发现了始料未及的东西，那是一封信，上面蒙满了灰尘，经过了八年的时光，它依然保存完好。英无法自已地打开了信封，抽出夹在里面的信纸。奈尔寄托给他这个哥哥的、不曾告白的那些千言万语，此刻，在他的眼前展开来：

　　当你看到这封信时，一定已经是艮多年以后了吧。我想在此说一句：好久不见。

相信你一定会为我终将到来的背叛痛心不已。其实那不是我的本意，我知道像你这样的死心眼一定会整日整夜地挂念着我吧。我相信这并不是自作多情。只是想，我要提前对你说一句对不起，我并不想扰乱你的生活。

多少年后的你，究竟会是什么样子呢？我要告诉你一些事，请你一定不要告诉别人，并记住这些事。

我，奈尔·托格默塔，背叛托格默塔家族、带着家族最高机密逃走的叛徒，一切的所作所为都是有原因的。在七岁之前，我从来没想过要离开这里，离开哈桑德古堡。我任性地认为它束缚了我的自由，但我从未尝试击破这个限制了我自由的牢笼。它是一个牢笼，却是一个安全的牢笼。

直到那一天，我眼睁睁地看着她消失在我眼前。恕我无法告诉你她到底是谁，但她的消失令我那样心痛，因为她待我如女儿一般慈爱。在消失前，她给了我一个任务，一个让我迫不得已、必须离开哈桑德古堡的任务：她让我偷走家族最高的机密，并让长老们永远也找不到它。她说长老们还不知道那上面的内容，要我趁他们破解其内容前偷走它，并把它藏到他们找不到的地方。

她说……我的任务是让世界上的任何一个人都不知道它的内容。

然而，我想的方法或许和她所想有些出入。我暗暗地做了一个决定：当我守护它很多年后，如果有机会再回到古堡，一定会把它留在这里，留给你。我相信你会帮助我，把它藏起来。藏到一个长老们找不到的地方，然后守护它不让外人得知它的存在。如果可以的话……到西塔。我相信她的灵魂永远不灭，也一定会在天上的某处默默地保佑着它不受尘世的干扰。

再告诉你一件事。在离开这里之前，我曾经见过一个外访到这里的魔法界名医。她偶然见到了我，了解了我的状况，并给我检查过身体。她得出的结论是：我的身体状态异常，天生就有一种难以发现的顽疾，是活不过十六岁的。

我想，就连医生都无能为力，在我仅剩下不到十年的生命中，我至少可以活得没有任何遗憾。

在我离开古堡期间，我会利用魔法界一种特殊的转生之术，把我的一部分灵魂和记忆转移到一个没有亲人的孤儿身上。从那之后，他就像是我的孩

子，请你找到并保护好他。我已经起好名字了，无论男女，那个孩子都叫莎瓦尔，是你中间的名字，也是已经逝去的母亲的名字。这样一来，莎瓦尔好像作为女孩子会更好一点呢。

就是这样，让我最后和你说一句话吧。

英·托格默塔，我的哥哥……我爱你，最爱你了！


信读完了，英彻底呆住了。他难以置信，妹妹的生命竟然已经走到了尽头。今天，是她的十六岁生日。

"怎么会这样，奈尔……奈尔！"他一遍遍徒劳地呼唤着妹妹的名字，眼泪在不知不觉间决堤。那是他的妹妹，他最爱的妹妹啊，为了尽自己的责任，担起一切罪名和压力的妹妹。而他，作为哥哥却那样无能，完全没有察觉到奈尔的异常……

那个夜晚，英把自己关在奈尔过去的房间里，彻夜不眠。天亮后，他亲手把信封里藏着的那一卷刻满了岁月印痕的神秘羊皮纸送到了在上一任族长去世前，奈尔曾生活过一段时间的西塔里，将它尘封起来。

不久，情报网传来了发现奈尔在远方一间荒废的木屋里过世，原因未明的消息。英第一个赶到那里，果然在木屋精心隐藏的地下室里发现了一个年幼的女孩，神情与幼时倔强的奈尔相似。

"英·托格默塔？"女孩有些冷淡地说，没有任何喜悦的表情。见英颔首承认，她接着说："我等你很久了，母亲也等了很久。"

英的心狠狠地抽痛着。他对不起奈尔，没有注意到奈尔身患疾病，没有发现奈尔对自由是如此渴求，更没有了解奈尔离开古堡的初衷。他看着面前继承了奈尔记忆与思想的女孩，猛然想起奈尔在信里说过，这是一个无亲无故的孩子。他注视着女孩，俯下身来，一下子抱住了她。

"英·托格默塔？"女孩对他这突如其来的举动有些茫然，"你……怎么了？"

英轻轻地说："从今天开始，你就是莎瓦尔·托格默塔，是我唯一的侄女，也是奈尔留下来的孩子。哈桑德古堡，就是你的家。"

年幼的莎瓦尔看着英。英说着说着，泪流满面。莎瓦尔伸出手，碰了碰英："你别哭了……母亲她，是笑着走的。她一直挂念着你……你去看看母亲吧。"

"好，你等着我。"英走上楼梯，看着安静地倚在窗边的少女，思绪万千。旋即他脸上露出了有些哀伤的弧度：奈尔的嘴边，挂着一个浅浅的笑容，带起了一个甜美的酒窝。

这样的妹妹，是他在哈桑德古堡从未见过的。

　　光阴似箭，日月如梭。英成了托格默塔家族的族长，日理万机。为了预防托格默塔家族日后再出现像他们这样痛苦而无奈的事情，英废除了之前的那条规则。但是，已经成为族长的英又怎么可能允许托格默塔家族再次重演这样的悲剧？其真意是为了埋藏这一段令他永生难忘的悲伤往事，在外人面前隐没他和奈尔之间血浓于水的亲情。

　　多年后的一个午后，莎瓦尔站在英的房间里，看着自己的"舅舅"沉默不语。半晌，她才开口："英大人，叫我来有什么事吗？"英转过身去，望着窗外灿烂的阳光，陷入一阵沉思，道："只是感觉……很久违。"他平淡无波地讲述着，将自己与奈尔从幼年就开始的故事全部阐述给莎瓦尔。

　　莎瓦尔听着，莫名地笑了。或是为这故事之中带着的辛酸与不舍、误会与愧疚，为那经过岁月与责任的冲刷仍未褪色的兄妹亲情；或是为这个午后，与若干年前英与奈尔度过的最后一个平静的下午的阳光无比相似的、温柔的光晕；或是为了英最后和她说的一件事、一句话。

　　当初，奈尔留下的信里其实还有最后新添的一句话，令英感慨颇多，或许妹妹对人生的想法真的和自己有所分别。但是，他知道了，奈尔在外流亡的这八年里，还是很

117

快乐的……

　　　　哥哥，虽然我众叛亲离、远走他乡整整八年，
但在这八年里，我还是有些快乐的。因为我至少拥
有了从降生于世起，就开始期待的——自由。

　　莎瓦尔听到这儿，又微微一笑："英大人，这难道不好吗？
母亲她拥有过自由，也曾得到了她所期盼的事物。"英点点头，
突然想起了什么，对莎瓦尔说："莎瓦尔，你拥有奈尔一部
分的记忆，比起她的孩子，我感觉你更像是她精神的传承者，
奈尔的一部分就活在你的身上……如果可以，我更希望不把
你当作侄女，而是当作另一个妹妹来爱护。你愿意吗？"

　　莎瓦尔一时怔住了。她不以为意地扯出一个笑容："英
大人请随意。"说完，转身走出了房间，内心不知为何有一
丝惆怅。

　　奈尔·托格默塔才是英真正的妹妹。在英的心中，这份
对妹妹的爱从未变质过，若是把她当作第二个妹妹来关怀，
只是为了弥补对奈尔那份未能照顾好妹妹的愧疚。既然这样，
她……只要配合好英就行了，她会替母亲消除英·托格默塔
的全部心结。

　　其实，莎瓦尔也察觉到了，英其实是发现了她缺少来自

他人的关爱，所以才想爱护她并让她感到温暖，只是她不愿去确认而已……在他的心里，没有人能替代奈尔的位置，替代那个妹妹的位置。

"奈尔，我好像……真的忘不了你呢。"

# 12. "潜入西塔作战"开始!

原来，英·托格默塔虽然生在铁血又严峻的托格默塔家族，却有着一颗爱护他人的仁慈之心。对待妹妹奈尔，他更是无比宠溺，打心眼里关爱着她。奈尔为了守护一个不知名的人托付给她的秘密而盗走了羊皮纸，远走他乡，担负起了一切罪名，而不知情的英则坚定地相信着奈尔的心是善良的，不愿对自己的妹妹兵戈相向。当看到奈尔留下的那封退到了整整八年的诀别书，英泪流满面，并未探究原因就相信了奈尔，按照她的嘱托行事。这样深厚的感情深深地震惊了仲染昔他们，令他们百感交集。

"……这是个很感人的故事，也是一个令人震惊的故事。"夏尉殷第一个开口。她看了一眼坚持把面瘫进行到底的苏离月，小声说："冰块，不对，是冰凌。别那么冷嘛，

说句话？"然而没有回答。

"喂，总不能每次都让我一个人撑场子吧！""哦。""'哦'不算说话吧！""哦。""你能说句别的吗？""嗯。"这……夏尉殷战败。仲染昔看在眼里，暗暗地对苏离月增加了不少好感。

莎瓦尔微笑地看着她们你一言我一语，等她们说完，才开口道："后来他父亲在家族的安排下联姻，才有了塞塔斯。"

"那么，谢谢你的茶，我们就先告辞了。"苏离月起身，顺便拉上了在刚才的对话中毫无存在感的洛屿和仲染昔两人，轻声道："到大厅去，准备行动！"夏尉殷也及时跟了上来。莎瓦尔并未追问原委，含笑目送他们离开。

一出房间，洛屿就忍不住了。他先确定四下无人，然后小声说："这么说莎瓦尔一定知道一些关于羊皮卷的事，既然是被禁足的西塔入口，她怎么会知道指示牌的细节？再说了，她可是继承了奈尔·托格默塔的部分记忆，对这件事应该比较清楚。"

"也有一些很可疑的地方，不知底细的外人对家族的秘密感兴趣，她居然坦诚相告。不过英·托格默塔先生和他妹妹的故事好像是真的，想不到是这么凄美的故事……"仲染昔提到"坦诚相告"四个字时有些迟疑。

提到这，夏尉殷立即按捺不住了。她一下子激动起来，说："差点忘了，终于有准确的情报了！就是英·托格默塔亲手把我们的目标送到了西塔。虽然没有准确的位置，但它的确是真实存在的！我仿佛看到了自己完成几乎不可能成功的 A 级任务后英姿飒爽的样子……"仲染昔不由得杵了杵她，泼一盆冷水："别做梦了！"

苏离月叹了口气，把仲染昔拉到身边："到了西塔就解决问题了。夏尉殷，带这小子一组，我和她一组。你们尽量找到西塔的入口，通知我们。"她丢给每人一个铃铛状的冰蓝色饰品，"只要摇响它，声音就会自动传入所有持有者耳中，可以根据它得知彼此的位置，别人都听不见。"

"等一下！"夏尉殷郁闷地问，"为什么是我们去找入口？"她指着"可怜兮兮"的洛屿，"苏冰块，你怎么忍心让这么可爱的学弟和我这个'除了逃课以外几乎没有专长的普通学姐'来完成这样艰巨的任务！"

苏离月瞥了她一眼，冷冷地说："平时在奥罗拉学院里嚣张跋扈的'天才'到哪儿去了？我和仲染昔负责吸引守卫的注意力。相比我们，你们看起来比较不引人注意。"她指了指自己的冰蓝色长发，"还是说你想亲自上阵？'万年留级生'。"

夏尉殷立即振作起来："是,冰块长官！一切准备就绪！"

"那……我们要怎么做才能吸引人的注意呢？"仲染昔

好奇地问。总不能就这么站着吧？苏离月竟然万年难见地笑了，那种笑容淡泊得几乎没有一丝弧度，反倒给人一种挑衅与危险的感觉。不过，不得不说，这样的笑容美得惊心动魄。

"夏尉殷，借一下那个东西吸引注意力。"夏尉殷的眼珠即刻瞪圆了，结巴着问："你……原来你知道啊……那你可要帮忙保密啊，学霸算我求你了……"一向"精神抖擞"的夏尉殷此刻耷拉着头，十分郁闷的样子。

"作为纪律严明的学生会会长，我果然还是对你太宽容了。东西拿来，其他事以后再商量！"苏离月满意地伸出手，对方的面颊不自觉地抽搐了两下。

夏尉殷哭丧着脸递给了苏离月一个密封的小瓶子："就是这个，洒一滴在地上，十秒后会自动发生面积约十平方米小型爆炸附加紫色迷雾。我偷了飒依教授的私人收藏品幻兽的眼泪，再加上个人设想，好不容易才调制出来的，你竟然……"仲染昔不禁"扑哧"一下笑出了声。看到夏尉殷吃瘪，突然感觉好爽！

洛屿碰了碰夏尉殷，两人一起消失在楼梯口处。等他们走远了，苏离月以最快的速度拔开瓶盖，洒了一点在大厅中心，拉起仲染昔就跑。不一会儿，大厅传来一声巨响，一阵烟雾弥漫。

夏尉殷这边，两个不靠谱的人正在干瞪眼。

莎瓦尔提到的指路牌？那个东西的确是有的，不过当他们顺着那条斑驳的阴森通道走到尽头时惊呆了，那里是一个几乎全封闭的迷宫！饶是以夏尉殷的识路能力也找不到向上的楼梯在哪里。更令他们难以置信的是，这里有很多侍卫看守，数量之惊人，居然超过了在地面上的守卫！

"真见鬼了！他们怎么想的，竟然在一个几乎没有人来的地方设这么多看守，闲得没事干！"洛屿咬牙切齿地从一条通道闪到另一条去，同时机警地注意着不时走过的守卫。夏尉殷很快跟上，动作十分敏捷。

看着差点崩溃的洛屿，她若有所思地说："那就证明托格默塔家族对西塔的重视程度嘛。不过，西塔明明是在地面上的高塔唉……在这里完全找不着向上走的地方。难道入口的设计者比我还天才？"她颇为自恋地摸摸自己的脸。

"还有另一种可能，他根本就是个丧心病狂的疯子。"他没好气地说。夏尉殷耸耸肩，咧嘴一笑。

"同意。"

不情愿归不情愿，工作还是要做的。一想到苏离月对他们发飙的样子两人就不约而同地弱弱一笑，这似乎也成了他们的最大动力。然而，尽管他们加倍仔细地搜寻通往西塔通道的蛛丝马迹，仍然一无所获。终于，洛屿无法忍受了。

"夏尉殷学姐，这已经是我们第四次经过这儿了！还是一无所获。这个哈桑德古堡真的是太无聊了吧，你也一定发

现了，自从我们进入这儿就一直小声说话，防止被别人听到！现在又要随时躲着这些无处不在的家伙，真是烦死了！"他抱怨道。

夏尉殷回头看看，说道："学弟虽言之有理，但还是快跑吧！呼，累死我了。这儿好闷……"洛屿听话地率先向下一条通道口走去。

然而洛屿失误了，他猛然拐进了一条尽是守卫的通道，没走几步就撞上一个身材魁梧的守卫。洛屿、夏尉殷两人对视一眼，十分默契地夺路狂奔。身后一片哗然，传来嘈杂之声：

"竟然真的有人闯入这里！快追！"

"绝对不能让长老们知道此事，别让他们跑了！"

"不过，他们会不会知道西塔的入口在哪儿……"

"别乱说！长老们都说过了，入口在一个绝不会被发现的地方。向上找的话是不会有任何结果的！"声音瞬间焦急起来。

"也，也是啊。是我想多了……"

夏尉殷身形一顿，狡猾地笑了笑："这些守卫人真好，让我收获了很多有用的信息啊。""不过，我们躲在哪儿啊？"洛屿问。

"呃，这个嘛……那儿有个废弃房间！进去躲躲。"两人听追兵的脚步声逼近了，飞速闪进一个类似旧仓库的房间。洛屿瞄到门上有两个字和一个单词，不由念了出来："反光……Down？什么东西，不应该是几十几号仓库吗？"他有些奇怪地皱眉。

夏尉殷等他进来，一下把门关上。房间里很暗，只有一个木桌和一面巨大的旧镜子，她沉思起来。洛屿紧张地听着外面嘈杂的动静。许久，他松了口气："人都走了。"

"为什么这儿会有面镜子？"夏尉殷在房间里踱着步，百思不得其解，"直觉告诉我，这个房间有问题！"洛屿直接坐在桌子上，过了一阵才吞吞吐吐地说："反光……Down是向下的英文。反光，向下，向上绝对到达不了的地方……又不一定是有用的线索，何必那么认真？这真是太麻烦了，我一向不擅长这类问题，再说你怎么知道这间屋子有问题？如果真的有，学姐你刚刚还说那人比你这个天才还要天才，那就请你按照天才的思路想想，入口会在哪呢？"

夏尉殷正细细地打量这个房间。听了洛屿的话，她猛地一震，兴奋地说："托洛屿学弟的福，我们好像躲对地方了。如果我没有猜错，这儿应该就是西塔的入口了！"

洛屿大吃一惊，小声问道："这儿就是入口？你是怎么想到的？我们怎么通过这儿去西塔呢？"夏尉殷洋洋得意地仰起头："你以为我是谁？奥罗拉的第一天才发明家兼智力

担当！我在对新生选拔赛提建议时，为了降低考生通过考核的几率……不，为了保证筛选出更加优秀的新生，设计了无论怎么走都会返回原点的死循环路线，作为一个提示。而通往西塔的入口被设计时应该是采用了与我相似的方案：西塔是最高的建筑，呃，至少在哈桑德古堡里是这样。它代表的无非是'高'或'上方'这种词。而与'上'对应的就是'下'，只要一直向下，就可以直达最高层！而'反光'的意思则代表入口处，就是指这面镜子！虽然我不知道为什么会有人把入口的线索写在门上……说不定是之前来到这里的人留下的提示！"她一把立起那面破旧的镜子，用手指戳了戳，镜面就像凝固的水面一样，改变了，任由她的手伸了进去。

"很好！看来只要进入镜子就能去西塔的最高层了。"夏尉殷十分满意地总结道。屋里的两人不约而同地对视一眼，这对性情相似又不相同的学姐学弟就这样相互看着对方，皮笑肉不笑地对峙着，其意不言而喻。

"女士优先？"洛屿彬彬有礼地伸手做了个"请"的动作。若是换作其他女生，会碍于面子地接受这风度翩翩的"谦让"。但很遗憾，他遇到的是夏尉殷，奥罗拉学院当之无愧的第一无赖夏尉殷。

"不，女士不优先。"夏尉殷笑容满面却又十分坚定地说，"实际上，我认为现在女士该靠边了。"洛屿眉尖一挑，唉声叹气道："真不愧是夏学姐啊，我甘拜下风。"他苦着一张脸，小心翼翼地跨进镜面，瞬间没了踪影。

"Good Luck."夏尉殷颇为同情地看了镜子一眼，不知是对洛屿还是对她自己说。然后从身上掏出一串铃铛饰物，"还得告诉他们，本天才的破解入口之壮举……"她轻轻地摇响了铃铛。

正在古堡守卫的追杀下飞速逃窜的苏离月和仲染昔听到一阵清脆悦耳的音乐声。苏离月停了下来，"就是这个声音了。""他们成功了？"

一个熟悉的声音传进两人耳中："哈喽，冰块和小仲，荣幸地告诉你们：我们知道入口在哪儿啦。你们到了那儿，走进一面镜子就是了。可要记住这是我夏尉殷顶着重重风险，以自己超人的智商破解出的结果哦！好啦，信息传达完毕，挂机中……"随后，声音消失了，一个准确的定位自动出现在她们脑中。

"跨进一面镜子？"仲染昔很是不解，她自动忽略了夏尉殷自我吹嘘的那句废话。

"走，去大厅的楼梯那儿。"苏离月不由分说地转身，身形快得仿佛飘飞而去。仲染昔连忙跟了上去，甩下一群愤怒咆哮的古堡侍卫。

# 13. 古老羊皮卷的秘密

　　几分钟后，一个黑发少女出现在西塔的最高层。

　　仲染昔只觉脑中一阵眩晕，当她睁开眼时，差点儿发出一声惊叫。苏离月并不在她身边，眼前是一个中空的墙壁，目测是西塔最高层的边缘，向外望可以看到绵延不断的层层白云，底下仿佛万丈深渊，高得看不见底。仲染昔连忙退后两步，苏离月的声音在她脑中响起："我随后就来，你先去找夏尉殷他们会合。"

　　没等反应过来，她就听到夏尉殷的声音冷不丁地从身后传来，又吓了她一跳："小仲，你来得挺快嘛。最开始我也被这东西吓得够呛呢……算了，不管苏冰块了，她应该有点事要自己行动。我们先去找那个羊皮卷吧！"

　　仲染昔转过身，夏尉殷和洛屿站在那里。西塔的最高层

　　只有一个并不是很长的走廊，廊内的单间寥寥无几，对面也是一面中空的墙壁。

　　"怎么说，在这儿找东西应该挺容易的吧？"洛屿不太确定地说。仲染昔相当恳切地希望他说的是真的。

　　"那就从第一个房间开找吧。"夏尉殷建议道，主动溜进了离她最近的一扇门，仲染昔和洛屿也跟了进去。

　　这个房间乱七八糟的，空气中弥漫着呛鼻的尘土味儿。夏尉殷打了个喷嚏，不由得"感慨万千"："这儿多久没来人了？房间如此脏乱差，不合格！太对不起我们这些远道而来的'客人'了！"说完有些愤愤然。

　　"骗子，你什么时候晋升为保洁阿姨了？"仲染昔揶揄道。洛屿的声音也闷闷地响了起来，他好像紧紧捂住了自己的口鼻："你……你们快过来，看这是什么？"另外两人好奇地凑过来。

　　那是一张旧照片，经历了不知多少岁月的洗礼，照片正面变得发灰，有些模糊不清。他们勉强认出一个十分年幼的女孩，扎着漂亮的马尾，身着华丽衣裙，对着镜头露出一个略带阳刚的微笑。

　　洛屿把照片翻过来，背面有一行娟秀却显得十分陈旧的字迹："我的小公主奈尔·托格默塔。这是她的七岁生日照，只有她与我说话，果然离那一天不远了——玛丽。"

"奈尔？如果我没记错的话，英·托格默塔的妹妹名字不就是这个？但我记得她是个背叛者啊，从七岁开始背叛家族离开古堡，在那之前一直在长老们的监视下生活。而玛丽·托格默塔这个名字更是……而且，这上面写的内容也让人感觉很奇怪。"夏尉殷缓慢地说，难得露出几分认真的神色。两人点头，面色也凝重起来。

　　"看来这件事情不简单。"洛屿捏着照片，"不过还得继续找……"

　　"哎呀，原来你们在找这个羊皮卷吗？"一个声音打断了他。一个身材娇小的少年笑吟吟地看着他们，碧绿的眼睛里闪着幽幽寒光，手里捏着一张皱巴巴的纸卷，上面布满了密密麻麻、令他们头晕眼花的外国文字。

　　夏尉殷双眼发亮，死死地盯着纸卷，生怕它飞走了似的，嘴里念念有词："写满古埃及楔形文字的羊皮密卷……没错了，就是它！只要拿到它，我回去就可以扬眉吐气，在姻依教授面前大吹特吹一番了！"仲染昔有些害臊地别过头去，默默地想："重点不在那里好不好，你没看见纸卷在别人手里吗……"

　　平时看起来不学无术又十分懒散的夏尉殷立刻切换到执行任务模式，阴森森地笑道："小朋友，乖乖地交出羊皮券，我是不会逼你的哦……"

正当仲染昔与洛屿不约而同地在心里吐槽女人果然是翻脸比翻书还快的生物时，少年做出了答复。"哦，是吗？大姐姐不会逼我啊，真是太好了。那我可以不交吗？"少年笑得天真烂漫，说出的话却令他们面色一沉。

"必须给我！"夏尉殷飞速变脸、怒目圆睁。说时迟那时快，没等他们反应过来，少年已抬起手，一道强光在空气中疾驰着，精确无误地射向夏尉殷。

仲染昔凭着自己练武多年锻炼出的第六感本能地察觉到危险，猛地冲向夏尉殷，把她扑倒在地。光束从她们头顶掠过，最终撞上墙壁，把那里烧出了一个洞口。两个人就倒在地上，保持着一上一下的姿势，仲染昔瞬间思绪凌乱了：她刚刚扑倒了这个满嘴胡诌又只会使用一些传送魔法的"万年留级学姐"？！她在想什么！不过，考虑到刚刚那道电光的危险程度，她觉得没做错。

夏尉殷见状，先是微怔，然后感激涕零地拽住仲染昔的手，泪眼汪汪地说："小仲，我太感动了，你真是个大好人！"仲染昔有些不自然地垂下眼帘，支支吾吾道："你……你别这么激动了，被一个骗子感谢我可不觉得有多高兴！"

洛屿警觉地看向少年："他擅长的是……电属性魔法？不，刚刚那个威力已经超过魔法的寻常领域了，这个小子不简单，你们要小心！"

话音未落，少年扬手又是一击，三人明明可以很清楚地看到致命的电光越来越近，却来不及躲避。就当他们以为在劫难逃时，一道屏障挡在面前，这才逃过一劫。

"莎瓦尔·托格默塔吗？"少年微微眯眼，却并未回头，"这魔法还真快啊……不过，以这种程度，要击中我还是不可能的。"说完，他一抬手，擒住了射向他颈后的一根细细的银针。仲染昔他们一惊：他刚才是说那个寄住在托格默塔家族的塞塔斯的堂姐莎瓦尔吗？难道她也来了？

"你能来到这里真令我有些惊讶，又在意料之中啊，假面蝴蝶。"莎瓦尔笑道，"上次交手时，你远远没用全部实力吧？真让我遗憾，这一次能尽兴了吗？"她的话让两位新生一愣，然后齐齐地看向了满脸尴尬的夏尉殷。

注意到两个人的目光，她张口欲言，但还未出声，就被另一个声音打断了："莎瓦尔，你是何居心？竟然勾结这些人，帮助他们潜入这里！告诉我，你们到底想干什么？如果不是看守地下的守卫告诉了我，你们就打算这样瞒天过海？"那声音的主人竟然是气急败坏的塞塔斯。

"啊，轮到你出场了吗？塞塔斯少爷。"莎瓦尔似乎并不在乎地说。仲染昔忍不住问她："那个……莎瓦尔？""怎么了，夕小姐？"莎瓦尔平静地问，好像他们并不是在这令人望而生畏、气氛紧张的高塔上，而是在进行一场普通不过的谈话。仲染昔举起从洛屿那里拿来的照片："这个是……"

"你们果然发现了吗？"莎瓦尔看起来有些为难地皱起眉，"那的确是我的母亲。"

"什么？"看清了照片的塞塔斯惊叫道："那不是奈尔·托格默塔吗？！她，她在这里住过？就在这个早已遗弃的西塔？"

"你还以为当初长老们执意处刑是因为她的背叛行为吧。"莎瓦尔娓娓道来："我的母亲奈尔·托格默塔，实际上的确是英·托格默塔大人的亲妹妹。她血统纯正，曾居住在哈桑德古堡的西塔。但后来，她开始展现出自己那即使是在魔法领域也非常少见的异常的天赋——可以看见亡灵。长老们也是因此更加偏袒英做少族长，排斥拥有这种特殊能力的母亲。"

刚才还气势汹汹的塞塔斯一下子呆住了："亡灵？"她点点头。

"托格默塔家族的先辈，伟大的玛丽·托格默塔大人的亡灵不愿消散，一直在古堡的西塔守护子孙后代。因为玛丽的灵魂没能保存多少，只有母亲能看得见她，所以她十分宠爱母亲，甚至告诉了她……那个秘密。就是这张羊皮卷上，记录了在玛丽大人执政时期，魔法界的各位魁首们共同定下的那个神秘的契约。虽然长老们一直没能将其破解，不知道

它的真正内容，但是他们绝不希望有更多的人知道羊皮券的存在。"

"那是什么契约？"几个人不约而同，塞塔斯尤其急不可耐。这一天，他经历了太多前所未有的状况。得知生活了十几年的哈桑德古堡中竟然还存在着他这个少族长所不了解的秘密，令他十分窝火。

"我也不知道，详情只有参加签订契约仪式的人才知道，而玛丽大人似乎并未把那件事告诉母亲，母亲转移给我的记忆中只告诉了我这些事。为了追寻真相，我继续以'盗贼'或'特工'的身份在他人不注意时出堡搜集信息，就这样在某一次外出中遇到了假面，并和她相识。"莎瓦尔终于将事情的原委和盘托出，把话语中留下的疑问和未解之谜留给仲染昔他们。

众人在想着不同的事，西塔的最高层一时一片寂静。

"可是，你为什么坦白这些呢？"回过神来的洛屿有些疑惑地问莎瓦尔，"似乎没有那个必要啊！"

"我只是想让你们知道这张羊皮卷的重要性。我估计他会是一个强敌。"莎瓦尔看向那个少年。少年还是那一脸优哉的神情，似乎对这个故事没有太大的触动。

"有趣的故事。"少年说着，打了个哈欠，"你们想要这个羊皮卷？可以一起来试试，我是无所谓，反正时间充足。"
他优哉游哉地笑了，一副没把仲染昔他们放在眼里的模样。

"莎瓦尔，"夏尉殷忽然想起来了什么，冲她说道，"如
果我们拿到了羊皮卷，我们也不会给你的。为什么要和我们
合作？"另外两人也颇为奇怪地看向她。

"你们估计想多了，我和母亲也是有些区别的，并没有
太过介意它是否被外来人拿走，只是不希望它被某些别有用
心的人拿走啊。"莎瓦尔有些无奈地叹了口气。

仲染昔看着少年，诚恳地说："对不起，这张羊皮卷对
我们来说真的很重要。这是我和洛屿第一次接受的正式任务，
我们都很希望能顺利地完成！所以，我希望你能把它给我们。"

夏尉殷不解地说："小仲啊，与其在这里和他浪费口舌，
还不如先下手为强，夺走羊皮卷，一举完成任务呢！"

"这我也知道，但我感觉是你的敌意太强，才使他不愿
意把羊皮卷给我们的。"仲染昔有点无奈，小声地说。夏尉
殷顿时一脸尴尬。洛屿看了看少年，说道："如果可以，我
也希望可以更顺利地完成这次任务，不想和你纠缠太久，所
以啊……能把羊皮卷给我们吗？"

那个少年有些惊奇地看着仲染昔和洛屿，过了一会儿才
说道："那还真是要让你们失望了，我可不打算就这样把东
西给你们哟。如果想要拿到它……就用实力来证明你们有拥

136

有它的资格！"到头来还是要动手吗？仲染昔有些无奈。说实话，她并不想和眼前的这个少年大动干戈。

"和他多说无益，直接动手吧。"莎瓦尔双手一抖，无数飞针向少年袭去，好像一场银色的雨，在晴空中落下。

"好吧。既然你都说到了这个份上，我就姑且相信你一次，莎瓦尔。"塞塔斯哼了一声。他挥了挥手，一团火球飞向那个少年，其他人也纷纷用魔法助阵。一时间，各种魔法向那少年攻去，饶是他有三头六臂也插翅难逃了吧，仲染昔如是想。但很显然，她想错了。

少年看着正要攻击自己的魔法，皱了下眉，说："这样群而攻之一个比自己还年幼的小孩子，你们竟然真下得了手！"那楚楚可怜的语气令众人心中莫名其妙地升起一种不好的预感。转眼间，少年周身发出一阵金光，随后，金光化为了一张密集的电网，吞噬着那些魔法和武器，逐渐让它们消失殆尽。

夏尉殷见此，暗呼不妙，连忙趁他放出电网时掏出一根用金色的箔纸包住的白色粉笔，在空中有模有样地比画起来，还时不时地嘀咕两声："三重冲击阵……五重防御阵……一重附加阵……好了，大功告成！九重附加性魔法阵，绝对防御！"

只见一个由九层耀眼的光圈叠加而成的魔法阵凭空出

现，挡在他们面前，少年的电系魔法化作了一道道流光，以令他们眼花缭乱的速度撞上魔法阵，众人看得目不暇接，幸亏夏尉殷的魔法阵很轻松地顶住了。但是，少年的魔法一波又一波地袭来，在承受了几波攻击后，魔法阵终于渐渐化为虚无。

"开什么玩笑！给我等等，破解魔法阵是需要时间的！像你这样不留间隔地攻击是不讲道德的……"夏尉殷的话还没说完，就见一个巨大的电光球在少年面前浮现，"这次要一举干掉你们。抱歉啦，大姐姐。"他原本可爱而端秀的五官微微变形，露出一个令人毛骨悚然的微笑。

光球猛地飞向他们，带着可怕的气势破空而来。在任何魔法都无济于事的情况下，本将成为致命一击的光球竟在最后一刻停滞住，然后消失了。一个熟悉的声音传来：

"奇怪啊，是谁允许你来动我的人了？"

那声音冷冽、阴鸷，令人不寒而栗。

# 14. 爆发的苏离月！冰·零

　　少年先是微微一愣，然后看向了站在那里，冰蓝色发丝随风飞扬的冷漠少女。此刻，向来面无表情的苏离月柳眉高挑，身子直挺，发寒的声音不怒自威。明明是初春季节，仲染昔等人竟无故感到一阵刺骨的寒冷。

　　透过这个破旧的房间里唯一的小窗子向外看，西塔的上空竟然风云变色、天气转凉。原本温暖的春风变为寒风，瑟瑟地吹着，冰冷刺骨的凄凉之感涌然而出。其他几人都被这强大的气场镇住了，只有夏尉殷相当不识相地哼了一声："什么叫作你的人啊，只是暂时的任务负责人而已，竟然这么嚣张。论在奥罗拉的辈分我可是和你同期的哦！"

　　"这是……黄金瞳吗？"少年凝视着苏离月，轻声道。他好像一下子恍然大悟，有些惊异地说，"这么明显地把真实的瞳孔颜色摆出来，你还真是张扬啊，就不怕被人认出来吗？"

苏离月捋开额角的碎发，那双金色的大眼睛此刻正放出夺目的光芒，所有看到那双眸子的人都有种错觉，不由自主地对她俯首称臣。少年继续幽幽地道："如若是在几百年前，拥有黄金瞳之人即可靠着这种生来的压倒性力量君临天下。即便是放在今天，凭借着它也能修得魔法中令人望而却步的接近'神级'境界，魔法界将其谓之'王者道'如今一见，果然非同一般……"众人皆是一惊，没想到苏离月的魔法竟然如此强大。

夏尉殷哀叹道："唉，苏冰块的身份被曝光，以后没法随便敲诈她了。这个家伙好过分啊……"仲染昔听了，不禁有些底气不足地问道："你竟然有胆去敲诈苏学姐吗？"她尴尬地"呵呵"两声。

"真叫人头疼啊，竟然要和拥有黄金瞳的魔法界'王者'，对决。"少年似是有些不情愿，但众人都已经习惯了他这种口是心非的腔调，没有一个人真正相信他的话。

苏离月毫不留情地冷哼一声："你说得倒是不错，在隶属学院的几个'王者道'成员中，我是不屑掩藏身份的那一个。当然了，既然是为学院效力，就要拿出真正的业绩来。从你动了敝学院的人起，就注定要有一战了。何况，你的手上有我此次任务的目标，一定要交出来。否则……今日，你就别想脱身！"

140

"说得好！"夏尉殷鼓起掌来，实际上心里暗自郁闷着。一向对学院的诸多事务和活动漠不关心，仅仅是靠着绝对的实力登上学生会会长一职的苏离月在外人面前却突然表现得十分负责任，就是因为如此她在魔法界的口碑才那么好吧。"苏冰块上啊，把这家伙痛扁一顿，叫他知道奥罗拉学院的厉害，顺便把羊皮卷抢到手！我看好你哦……"

　　一个纵身上前，苏离月傲然道："你只要不碍事就行了，我足以一人解决他，反正在以前执行任务的过程中，我就是，专门负责战斗这一事项的！"

　　夏尉殷闻言，下意识地愣了一下，随后才猛地反应过来什么。"糟了……快趴下！"夏尉殷一个箭步把仲染昔和洛屿按在地上，那动作敏捷得令人惊叹。莎瓦尔和塞塔斯也连忙伏下身。一阵令他们难以置信的冷气袭来，寒风刺骨，只听到一阵巨响，寂静降临。


　　当他们终于获得夏尉殷的准许，慢慢地从地上爬起来时，又一次被眼前的景象震撼：整个房间的表层、地面都结上了一层厚厚的、层次分明的冰霜，冰还在向房间外蔓延。照这样下去，过不了多久，这个西塔的最高层就会被冰雪彻底冻住。

　　"呼……真的好可怕，原本就十分罕见的'冰之王者道'，竟然还是到达了‘零’阶段的天才。”少年喘了口气，他身上还残存着几缕闪烁的电光和一层薄薄的白霜，“我可真是不走运啊，姐姐你大人有大量，对我一个小孩子不如下手轻点，没必要那么认真嘛。”

苏离月听了少年变相的赞美，并没有松懈，反而带着一种危险的眼神上下打量着他：“刚刚的攻击只是给你造成了那么点儿伤害，你还有点意思嘛。看来，这场战斗说不定能让我打得更尽兴一些呢。还有，我最后跟你重复一遍：你的手上有我要的东西，不交出来，你就别想走！”言罢，两人的身影再度碰撞。电光与冰霜交替闪烁，好不激烈。苏离月虽占了上风，却总是无法突破少年几乎完美的防线。

被夏尉殷拉到一旁观战的仲染昔几人无法在这场激烈的战斗中帮上忙，不甘寂寞地一边观战一边议论起来。仲染昔不解地问：“为什么他们两人从始至终都分别只用一种魔法？多用一些不是更好吗？”

“并不是那样的，”莎瓦尔讲道，“修魔法至某种高超的境界时，大多数魔法师会选择单修自己擅长的一门魔法，将其飞速提升，其他系列的魔法虽然也掌握了，却只占次要位置。这样在战斗中攻防都比较有效，他们就是这样。”

“原来如此，我明白了！所以说……”仲染昔恍然大悟。

“怎么了？”莎瓦尔有些好奇地问。

"只有像这个骗子一样不靠谱的人才会同时修这么多五花八门的魔法？"仲染昔一只手指着夏尉殷，毫不留情地一语道破。

夏尉殷顿时显出一副很是受伤的样子说："喂喂，小仲你讲清楚，像我这样不靠谱是指什么……"莎瓦尔掩着嘴轻笑起来，一副"我早就知道会是这样"的神情。

"轰！"苏离月和少年战斗之处突然传来一声惊天爆响，一股惊人的寒流横扫而来，势不可当。仲染昔几人一下子就失去了意识。

"怎么回事，刚刚的声响是从他们那儿传来的。战斗结束了吗？"

"不知道，不过我们为什么会在地上待着，谁能解释一下？是我们刚才都失去意识了吗？"

"天啊，我堂堂托格默塔家族的少族长竟然露出如此狼狈的丑态，要是让家族知道了会怎么想？"

"还是收起你的大少爷脾气吧，这儿可没人宠着你！"

仲染昔还没反应过来发生了什么，慢慢坐了起来。她好像晕过去了……其他人也是这样吗？苏离月学姐赢了吗？

"不是所有人哦，"夏尉殷似是看出了她的心思，"刚刚冰块使用了她的必杀招'冰·零'。目前为止嘛……这个西塔估计是被彻底冻住了。"她悠闲地坐在地上，神奇地不知从哪儿掏出了一桶金灿灿的爆米花，慢悠悠地吃着，似乎刚刚什么事也没发生。

但对于其他人来说，可不是什么事也没发生。

"这个塔身根本看不全的高塔会被冻住？"塞塔斯难以置信地说，"这真的可能吗？那需要的魔法粒子储存量根本就不可计数！就连长老们也做不到吧……她究竟是……"

"哼，不管那些了。那个张狂的臭小子呢？"洛屿盘着腿坐在地上，幸灾乐祸地问。此刻的他只希望那个少年能被苏离月修理得很惨。夏尉殷伸手一指："喏，自己看。"

众人顺着手指看去，只见那个少年依旧神态自若地站在那里，全身却被一层洁白而纯净的冰冻结住了，呆立不动。他的周身还有一阵阵电光萦绕，不过，那些电光也和他一样被冻住了。

"竟然冻结了魔法……"莎瓦尔表面上不无震惊，又看看怡然自得、丝毫没疲惫之态的苏离月，不知在寻思着什么。

"喂，冰块……哎哟，滑死了！"夏尉殷突然想起了什么似的，向苏离月走去，没走几步就差点滑了一跤，"我们的任务啊！那张羊皮卷呢？"

仲染昔和洛屿也十分担忧：她该不会把那个也冻住了吧？那样的话，解冻后的羊皮卷还能保存完好吗？苏离月

摇头。

"别把我想得那么冲动,我在使用'冰·零'时特意绕开它了。"

"那你怎么没绕开他们几个?"夏尉殷又好气又好笑地指着此刻一脸大写"蒙"的仲染昔他们,咄咄逼人地问道,"你知道解冻费了我几张燃烧符吗?你知道那几张燃烧符会浪费多少钱吗?三十枚,折合铜币三十枚,那可是足以让我过上一个月的饭钱啊,你赔得起吗……"

苏离月无视这个吝啬鬼的唠叨,直接走过去从少年手中取出了羊皮卷:"所以说,有了这个,就可以回去报告完成任务了,对吗?"

仲染昔和洛屿默契地点头。

"那就……"她恶狠狠地看了一眼正在念叨着什么的夏尉殷。

"等等!"塞塔斯打断了她,"你们还不能走,这张羊皮卷上有我们家族的秘密,你们不能带走!"他看了眼平静的莎瓦尔。

"嗯?想阻止我们了?"洛屿讥讽地问,面色有些不屑,"刚刚打架的时候怎么没显出你有多能耐啊,托格默塔家族的少族长?"

塞塔斯的脸明显地红了。

"你，你怎么能这么说！我可是——"

"我刚才说的话应该很清楚了。"苏离月冷冷地说，"我们这次任务的目标就是这张羊皮卷。不管谁想要它，都是我的敌人，你也想来试试吗？"

"莎瓦尔……你说过这张羊皮卷上有什么，你知道它对家族而言意味着什么……"塞塔斯的气势瞬间弱了下来，他试图向堂姐求助。

莎瓦尔面如沉水："那只是对家族而言的意义，我相信这些人不会将其价值埋没的。你太过看重家族的分量与利益了，塞塔斯，这会影响你日后的发展，恕我直言……"

"那么，我们该走了。"苏离月见塞塔斯不作声了，一转身，对夏尉殷道："魔法传送阵……"这就要走了吗？仲染昔猛然一惊，不知为何心中一阵空落。也许是在这里发生了太多事，自己还没有适应过来吧。

"嗯？"夏尉殷心不在焉，"干吗……哦，画传送阵啊。这就准备走人了吗？"

苏离月皱起眉："你又在干什么？"夏尉殷连忙矢口否认，"不，真的没有什么……只要您叫一声随时随地都能离开这里！"前者一扬眉，没再追究下去。

"那就准备走了。""是，冰块大人……""等等。"苏离月突然抬起右手，阻止了想画传送阵的夏尉殷。

146

“怎么了？”她看起来和仲染昔一样疑惑。

　　苏离月抬起头，轻轻地叹了一口气：“有些东西，似乎……没冻严实啊”只听“哗啦”几声，洁白的冰磧碎了一地。

# 15. 再见，哈桑德

抖掉了身上剩余的冰碴儿，少年一双翠绿色的瞳孔中闪着寒光，他呼了一口气，转而直视苏离月："千百年来从未有人在魔法的'王者道'上修得如此程度，竟可以冰冻住超阶魔法元素。你们那里的人真的好可怕啊，还是那个喜欢胡思乱想的大姐姐好玩……要不是运势不错，我还真不一定能出来。不对……运气真好的话就不会被冻住了，果然还是运气很烂……"

仲染昔一愣，他这一番话里的信息量很大啊。先不说运气好坏的事，他说的那个"喜欢胡思乱想的大姐姐"究竟是谁呢？莫非这个少年在之前就已经和奥罗拉学院的某位学生见过面了？

"运气好？"苏离月揉了揉手腕，逼近少年，"夏尉殷

又做了什么？真是个爱添乱的家伙。"

仲染昔在一旁看着，不明所以。她悄悄地戳了夏尉殷一下，小声问："为什么她说的是'又'？你经常捣乱吗？"她一想也是，以夏尉殷的性格怎么可能会承认她做过的事。

"呵呵，那个变脸超快的大姐姐用半张燃烧符烧掉了我的两处口袋，说什么'饭钱''还回来''冰块太过分了'之类的我无法理解的话……然后你的冰冻被破坏了一部分，我体内储存的魔法元素'电'就顺水推舟，把它给破解啦。"少年笑嘻嘻地看着苏离月的脸色越来越黑。

"夏——尉——殷——"苏离月一字一顿、咬牙切齿地说，每说一个字都带着一种"信不信我宰了你"的强烈气场。夏尉殷的额头上一瞬间布满了汗珠，十分自觉地往后退了一步，讪讪地笑着不敢答话了。

"算了，任务为重，先不和她计较。"苏离月又扫向少年，"再用一次'冰·零'把你解决就好了。我奉劝你最好让开，否则，小心自己性命不保。"少年却显得对她的威胁不以为意。

他耸耸肩，灿烂一笑，仲染昔几人瞬间有一种"忽如一夜春风来，千树万树梨花开"的既视感，那笑容煞是迷人："那就别怪我没提醒你哦，大姐姐。你应该也知道'王者道'的魔法向来效果超群，极具杀伤力。毫不夸张地说，使用这样的魔法可谓是从内部开始毁灭被攻击的对象，更何况'冰'

这个属性本就霸道，攻击性强，'冰·零'是唯一不限范围的冰冻魔法，只要施术者的身体中拥有足够的魔法粒子储存量，那可是足以冰封整个世界的绝迹魔法。如果不是刚才你及时停止了，估计会把哈桑德的主堡也一并冻结吧。而西塔的塔身已经被彻底冻结实了，如果再承受一次刚刚那样强力的攻击……后果只有一个，那就是从内至外崩毁倒塌。照这样下去，就算你们可以做到，其他人也定然无法平安无事吧？所以，从各个方面来考虑，你都不能再一次使用'冰·零'了，虽然我承认它的确很厉害！大姐姐，俗话说得好：'一步错步步错'，你可一定要三思而行哟

苏离月拉下了脸。仲染昔思考着刚刚少年说的为什么是"你们可以"，难道少年能看出除了苏离月之外还有其他人有那种实力？

夏尉殷有些惊讶又十分小气地说："哼，居然知道这么多关于'王者道'的理论啊，苏冰块的确没办法再使用'冰·零'了，但那又怎样？我们一样能痛扁你一顿！还有，小子我告诉你：你口袋里的钱我是绝对不会还的！"

少年毫不在意地盈盈浅笑着："是啊，我也相信这位凶悍的大姐姐有这个能力。不过，要想痛扁我估计是没有机会了。"说完，他一个空翻，居然灵巧地跃出了房间。"他逃走了？"洛屿见了，登时疑道，"跟上看看。"其他几人也

跟了出去。他们认为这个少年不会就这样如此轻易地离开。

只见少年背对着岌岌可危、令人望而生畏的中空墙壁，手中拿着一个皮球大小的圆形光球，兴致盎然地看向他们："都出来了嘛。"

眼尖的塞塔斯看清了少年手中的物体，惊叫一声："那是……电流？"

听了这话，莎瓦尔面色一沉，猜测道："当魔法完全被释放时，尤其是电磁场，会占据很大的空间，而如果将其用压力极力压缩，会出现十分罕见的状况，魔法元素中的纯质和杂质魔法粒子被迫融合。此时，只要这个融合体再接触到同元素的魔法，就会使得其中的魔法粒子紊乱并暴走，能量外溢。这是十分危险的现象！"看到少年意外却赞同的表情，她的脸色更加难看了。

洛屿的眼皮一抖，有种不妙的感觉。他没好气地喊道："说人话！"仲染昔也表示自己对魔法粒子之类的名词根本一无所知。

莎瓦尔只好言简意赅地解释道："现在，他手里相当于拿着一个由电元素魔法粒子构成的魔法炸弹，而身为擅长控制雷电的魔法师的他正好就有引爆炸弹的能力！"

"什么？"众人哗然。

"对哦，想不到这位大姐姐学识也十分渊博呢。"少年狡黠地眨了眨眼，"那么，大家要不要看我表演下如何引爆炸弹？"他抬起右手，向内灌入一阵电流，又缓缓向虚托着光球的左手按下去，冷冷地笑了。

那一刻，时间好像停止不前了。仲染昔惊慌失措地喊了一声"你……你快给我停下！"包括少年在内所有人，都愣住了，他们无比清楚地看到少年的右手突兀地停在了半空中，静立不动了，连仲染昔都感到难以置信，看着自己的双手，绞尽脑汁地思考着刚才为什么会那样。然后，仲染昔的身体剧烈地颤抖起来，不由自己控制。洛屿很快就注意到了她的反应，惊讶地问："仲染昔，你……怎么了？"

"这就是小仲的魔法吗？为什么它看起来没有彻底完成？莫非……"夏尉殷有些疑惑地喃喃自语，不知道心里在想什么。苏离月不可捉摸地低声说了些什么，谁都没有听到那段话的内容。而作为同辈中一直以来的"佼佼者"，今天连续受到太多打击的塞塔斯已经彻底怔住了。

"非常感谢你，夕小姐。只要这一刻就足够了。"刚刚缄口不言的莎瓦尔突然意味深长地说，猛地抬腿，冲向静立的少年。众人一愣，莎瓦尔虽然实力不俗，但哪是少年的对手？

"莎瓦尔，你疯了吗？你到底想干什么，你是打不过他的！"塞塔斯此刻心急如焚地喊道。

"呵呵，我的确是不敌他。"莎瓦尔竟能在这种时刻笑

出来，"但是，塞塔斯少爷。你忘了一点，我也是哈桑德古堡的一员啊。怎么会……放任他破坏母亲曾经居住过的西塔而不管呢？"

她狠狠地一把将少年推向了西塔的外空，在少年又开始行动，想借助电流回到地面时被一根飞针打中了。莎瓦尔再次深深地看了所有人一眼，然后扑了下去，将少年禁锢住，令他无法行动。

不知不觉，已是夜晚了。晚风将她的最后一句话清晰地传入所有人耳中："各位，再见了！还有塞塔斯……你一定会成为一名优秀的族长的，我的弟弟。"

仲染昔想，她这辈子也不会忘记，站在那高耸入云的高塔上看着下方传来的巨响和光芒照亮夜幕中的天空，是何等壮观。莎瓦尔对堂弟最诚挚的祝福，就像她的母亲对英·托格默塔的感情一样真诚。以及……塞塔斯声嘶力竭的呼喊和泪水。

凉风习习，拂过众人的面颊，皎洁的月色安抚着这群年轻人疲惫的心。仲染昔的碎发被吹起来，她回头望望他人，除了苏离月，无一酣然入睡，坐在那里，都沉沉地思考着什么。繁星点点，美不胜收。经历苏离月的魔法影响后的西塔终于恢复，晴朗的夜空中出现了一条璀璨的星河，漫天星光汇聚在一起，那是命运的轨迹。几十年前英·托格默塔的妹妹奈尔·托格默塔想要守护西塔秘密的心愿终由其女莎瓦尔完成，可以安心离去。仲染昔看着那美丽的夜空，暗暗垂下眸。

这是一个难熬的不眠之夜。

破晓时分，夏尉殷开口问道："感觉怎么样？"不用多说，众人也知道她在对谁说话。塞塔斯沉默了一会儿，收起他平常骄傲的模样，十分悲哀地笑了："她在的时候，我把那些所谓的'亲情'都埋在心底，等她真的走了，我才发现自己以前的态度和想法是多么愚蠢，才会……后悔。"

"那你怪自己吗？"夏尉殷并没带什么自己的情绪，只是简单地问。"我曾经那样对她，是因为她对那位奈尔前辈的爱。我小的时候……很讨厌奈尔前辈。明明是家族的背叛者，还令父亲大人……不，英·托格默塔大人那样魂不守舍。现在想来，我是因为对英大人的崇敬而太过自私了。"

"呵呵！"不知出于什么缘故，夏尉殷轻轻地笑了。几人之中唯一小睡了一会儿的苏离月睁开双眼，金色的眸子在未明的夜里闪闪发光："这次真的该走了，夏尉殷，去准备吧。"

"你们……这就要离开了？"塞塔斯的情绪竟有些低落，"虽然才认识一天不到，但我还是十分感谢你们帮忙保护家族的机密，那张羊皮卷理应属于你们，拿去吧。"

154

"你不反对我们把它拿走了？"仲染昔很是意外。洛屿也瞪大了双眼，十分夸张地问："大少爷，你没发烧吧？"

塞塔斯看到他们的反应，有些无奈地说："我是认真的，你们把它拿去吧。长老们那边……我会应付过去的，不用担心。"

苏离月微微地怔住了。她曾经在学院的外出交涉中见过托格默塔家族的现任族长英·托格塔默一面，这一刻，塞塔斯的神情和语言竟与那个神情坚毅、果决而有责任感的冷峻男子重合在一起，再不似之前的傲慢骄纵。

看来……他真的会像莎瓦尔所说，成为一个优秀的族长啊。苏离月看了眼趴在地上画传送阵的夏尉殷，似乎想起了什么。她叹了一口气，说道："夏尉殷，有件事情，映瞳让我转告你，上一次的赌约她赢了，这次还要继续吗？"

灿烂的阳光射到地面上，在这百米高空之上，显得更加明亮，带着不尽的生机和希望。夏尉殷闷闷的声音传来："不就是输了一次吗？赌就赌，这次一定是我赢！不过，冰块……你会参加吗？"

"如果是陪你们玩玩的话，有何不可？反正也好消遣时间。"其他人听得一头雾水，不知所云。

传送阵开始发光，几人跨入圈内。看着塞塔斯告别的笑容和越来越模糊西塔的景物的。仲染昔心中忽然涌起一股恋恋不舍的情绪。这是她入学以来的第一次任务，第一次冒险，所有的画面还历历在目。场景迅速变换着，他们只来得及听见塞塔斯最后带着期许的呐喊："我们会再见的吧！"

是啊……总有一天，会再见的吧。

# 尾声：遗失的时光

这场冒险终于落幕了。

错把 A 级任务发给他们的迪修尔教授被姻依教授揪着耳朵打了一顿，连连告饶；莫利亚校长亲自收下了那张神秘的羊皮卷，并向他们表示感谢；苏离月获得了她学生生涯中的又一枚优秀学生奖章，颁奖典礼办得轰轰烈烈，前来参加的人们都啧啧赞叹奥罗拉学生会会长的行动力是多么杰出，令知道内幕的几个人都暗暗翻白眼；夏尉殷不知什么时候钻空子从哈桑德古堡顺手牵了一大堆珍宝回来，和洛屿两个人兴致勃勃地合伙干起了针对姻依教授的"偷窃行动"……一切都回到了正轨，仲染昔第一年的学院生活也在继续着。

一个阳光明媚的午后，她坐在大厅的侧台阶上，对着手中紧握的一张照片沉思。一阵不紧不慢的脚步声，伴着一阵

157

淡淡的檀香，她立刻知道了来者是谁。"你叫……映瞳，是吗？"她对这个优雅的少女印象深刻。

"是的，"依然是那没有质感的空幻声音，金发少女在她身边坐下，"只叫你名字的最后一个字'昔'，可以吗？""没问题。"仲染昔有些受宠若惊，不知她来找自己干什么。

"我听说了你们在哈桑德古堡做任务的事。事后，一个名为莎瓦尔·托格默塔的少女失踪了，托格默塔家族现任族长为了寻找她大动干戈。此事也被学院注意到了，秘密开展情报网搜寻。"映瞳淡然道。仲染昔低下头，一想到莎瓦尔的牺牲她就难受。

映瞳继续道："学院的情报网是很灵通的，很快就发现了少女失踪前，在哈桑德古堡西塔的一场十分猛烈的高空爆炸中牺牲，推测她当时与爆炸源十分接近。顺着此线索寻找，在哈桑德古堡附近的城镇找到了她。由于某些特殊原因她只是被爆炸的余波震伤了，现已谢绝了学院的帮助，自行痊愈后回到了古堡。因为她的回归，托格默塔家族的几位权威人物大为激动，向提前通告了消息的学院道谢，这增进了学院和他们友好的外交关系。"

原来莎瓦尔还没有死！想到塞塔斯心系的堂姐安然无恙地回到了古堡后，他的心情会怎样起伏？仲染昔惊喜万分，不禁笑出了声。金发少女从她看不到的角度默默挑起眉，问：

"这张照片是谁的？""我的一个朋友送的，他说本来想给莎瓦尔的，但没有机会了。"仲染昔想起塞塔斯的话，抚摸了下照片，若有所思。这照片也是在西塔被发现的，被人特地放在一个十分安全的地方，竟然没有受到"冰·零"的影响。

不知是什么时候，映瞳转身离开了。她来到一个没有阳光的走廊里，苏离月正靠在走廊边的栏杆上出神。映瞳问："在想什么？""你永远也不会想到的事。"她应声答道，面容淡然却透着一股危险的气息。

"在托格默塔家族的地界不负责任地大干了一场呢，真好啊。反正全责都是由塞塔斯少族长承担，此事还被英·托格默塔族长整个压了下来。不过，西塔……算是废了吧？那个性格奇异的少年也逃走了。"映瞳不紧不慢地说，明明没有和他们一同前去，她却对整个任务的过程了如指掌。

苏离月闻言，面色冷峻得可怕："他对我而言是一个天大的耻辱，如果不是夏尉殷横插一脚，我本可以直接把他解决……""呵呵！"映瞳轻声笑了起来，虚幻的声音有意无意地浮现出一种幸灾乐祸的感觉："那也是你间接造成的，若你没有把其他在场的人一并冻结，她又何必为了那一点微不足道的支出斤斤计较，还险些把这次任务搅黄？不过，到头来这倒是促进了学院与托格默塔家族的来往，你可算是头号功臣呢。"

159

　　"你喜欢窥探他人秘密的坏毛病还是没有改过来。"苏离月并没有直接回答，但也算是默认了她的说法，"校长怎么看？"她的语调突然变得无比严肃。

　　映瞳沉默不语地盯着她看了一会儿，像是传达信息一般。"已经开始了。只是还在最初的间接觉醒阶段。如果没有突发状况，还需要很长一段时间才能完成。我们能做的……只有尽量促进它的进度。"

　　苏离月听了，没有接着这个神秘的话题探讨下去。"其实，这一次……'那个人'变得有点不像他了，你有感觉吗？"映瞳看了她一眼："动摇了？难得啊，我们都以为在'那个人'之后，你再也不会这样了。"毫无疑问，两个人口中的"那个人"，是截然不同的两个意思。

　　"那是不可能的。"苏离月冷冰冰地撇嘴，好像对自己说出这样的话也有点懊恼，"只是问一下而已。"

　　"有感而发吗？"映瞳转过身去。"真巧啊，夏尉殷，据说你一直逃课，不务正业、游手好闲，已经完美地成了奥罗拉学生最好的反面教材，我来这里也有一部分原因是为了一睹你的风采。"苏离月的目光也移了过去。

　　突然出现在走廊里的夏尉殷被两人微妙的目光看得不自在，轻咳一声："咳咳，你们要看到什么时候去？""谁想看你了，自作多情。"苏离月毫不留情地点破了真相，

"你来这里干什么，我们在讨论和你完全没有关系的话题。没什么事就别来烦我。如果你也像这家伙一样……"她指了指正在绽放天使般微笑的映瞳，"想要偷听他人的隐私，就给我滚。"

"我有那么不受待见吗？一个个都那么嫌弃的样子……"夏尉殷郁闷地耸耸肩，"要是没事我还不想和你们单独待在一块儿呢，我是来传话的。校长大人要你们两个过去，真搞不懂她要干什么，像你们这样一点也不通情达理的人，彼此之间还不能好好相处，她是想把校长室给炸了吗……"

苏离月已经起身准备离开了，映瞳在她那没有人能看见的面孔上给了夏尉殷一个淡淡的嘲笑，声音空灵而接近虚无："夏尉殷，谢谢你来传话。麻烦你和我们独处了，还真是抱歉啊。作为新生入校，我一直想看看你的状况，毕竟是相识已久的'朋友'。看到你在学院里依旧是这样不思进取，整天沉浸在自己的世界里醉生梦死，我真是为你痛心不已。祝你早日振作，不要埋没自己的才华，为学院增光添彩。"

"我可是你的学姐啊，学姐！虽然之前也算是认识了，但你这个刚刚入学的新生能不能不要那么嚣张，至少像对冰块那样表面上礼貌一点吧！"然而，两人已走远，苏离月对她的话完全没有反应，身上散发出一股杀气。映瞳"好意"留下一句话："你去看看昔吧，她正一个人呢。"昔？这么快就和她"亲爱的舍友"混熟了？夏尉殷无语望天，突然有种生无可恋的感觉。

所以说啊……这个"学妹"可是一点也不对她的胃口。

夏尉殷带着百无聊赖的神情进了大厅，走到仲染昔的身旁坐下，拍了拍她的肩膀。感受到她来了，仲染昔嘴角上扬，无声地微笑。不知从何时开始，她的学院生活中再也少不了这个曾经"诱骗"过她的舍友了。

"莎瓦尔若是知道了，一定会很开心吧。"仲染昔轻轻地说。夏尉殷盯着照片，少见地一语不发，眼中有些许感动浮现。

经过岁月的洗礼，照片的边沿已经泛白，右下角刻着一行刚劲有力的字，似乎是最近才刻上去的：时间从不会给我们等待的机会，我们所遗失的时光究竟去了哪儿呢？不管它丢在了哪个遥远的时空，我都不会停止思念你。

落款的时间，是2120年。

原来，你真的还没有忘记，那深深地刻在骨子里的亲情经过漫长的时光依旧没有褪色。仲染昔欣慰地笑了，不知为何对这个素未谋面的托格默塔家族族长产生了一种说不出的情愫。

照片上只有两个人，一个黑发黑眼、俊秀年少，获得了长老们认可的少年意气风发，略微低头宠溺地看着自己的妹

妹；另一个身材娇小、笑容阳光，还未背负起沉重责任的奈
尔·托格默塔站在哥哥的身边。他们站在宏伟的哈桑德古堡前，
笑得那样开怀。


（第一部完）